이런 고민
처음이야

**다多,
괜찮아
시리즈**

다 괜찮다, 라는 말이 주는 힘을 믿습니다. 어떤 내용을 담고 있든 간에 '나'만이 쓸 수 있는 글이라면 다, 괜찮다고, 말하고 싶습니다. 다多, 괜찮아 시리즈는 다양한 형태의 글쓰기를 환영합니다. 개인뿐 아니라 우리 사회 전체에 건강하고 개성 있는 콘텐츠가 지속적으로 쌓여 갔으면 좋겠습니다. 그것이 어떤 이야기이든, 당신만의 이야기라면 귀 기울여 듣겠습니다.

캠퍼스 성장 로맨스
이런 고민 처음이야

초판 1쇄 발행 2021년 4월 30일

지은이. 호담
표지 그림. Piyapong Sayduang
발행. 김태영

도서출판 씽크스마트
서울특별시 마포구 토정로 222(신수동) 한국출판콘텐츠센터 401호
전화. 02-323-5609 / 070-8836-8837
팩스. 02-337-5608
메일. kty0651@hanmail.net

도서출판 사이다
사람의 가치를 밝히며 서로가 서로의 삶을 세워주는 세상을 만드는 데 필요한
사람과 사람을 이어주는 다리의 줄임말이며 씽크스마트의 임프린트입니다.

씽크스마트·더 큰 세상으로 통하는 길
도서출판 사이다·사람과 사람을 이어주는 다리

ISBN 978-89-6529-271-5 03810   9,900원

이런 고민
처음이야

호담 지음

목차

1
첫 만남

'아! 첫날인데 늦었어!'

　내 이름은 강혜수. (친구들은 쑤라고 부른다.) 춘천에 있는 국립대 국문과 4학년. 오늘은 4학년 1학기 첫날이다. 아직은 쌀쌀한 3월이지만 얇은 니트에 스키니 진을 입고 슬림한 봄 코트를 입었다. C컬로 뻗은 단발이 바람결에 살랑거린다. 햇살을 맞으며 인문대 앞 벤치에 앉아서 노래 한 곡 듣고 싶지만 그럴 시간이 없다. 아침 8시마다 참여하는 동아리 스터디에 가야 하는데 거울 앞에 너무 오래 있다가 늦어 버렸

다. 새 학기 첫날 동방(동아리 방) 문을 여는 순간은 늘 설렌
다. 누구누구 왔을까? 급한 마음에 벌컥 문을 열었다. 동방
한가득 앉아 있던 사람들이 일제히 나를 쳐다본다.

'왜 이렇게 사람이 많아?'

평소와 다르게 모르는 사람이 너무 많고 한꺼번에 시선을
받아서 부끄럽다. 조용히 3학년 기영이 옆자리에 앉았다.
왠지 말도 속닥거리게 된다.

"기영아. 이 사람들 다 뭐냐."
"남자 셰어하우스 신청한 애들이랑 동아리 구경 온 신입
생들이야. 지난 주말에 입주해서 오늘 동아리 소개하려고
다 데려왔어. 셰어하우스끼리는 벌써 인사했어."
"다솜에는 신입 없어?"
"응. 아직은 슈룹에 들어온 남자 신입만 있어."

첫날이라 그런가. 기영이 목소리도 왠지 들떠 보인다.

"귀엽네."

"그치. 동아리 가입하라고 꼬시는 중이야."

"그래 파이팅이다."

이제까지 우리 동아리에 있던 남자애들과는 급이 다른, 환하고 상큼한 이목구비의 신입생 남자애들이 곳곳에 앉아 있다. 옷도 어찌나 이쁘게 입었는지, 음. 여기랑 참 안 어울린다.

이 동아리는 열쇠라는 이름의 한글교육 봉사 동아리다. 평소에는 각자가 속한 그룹과 함께 외국인 대상 한글교육에 대한 공부와 행사 활동을 하고 방학 때는 국내외에 봉사활동을 다니기도 한다. 기독교 재단과 연계돼 있어서 가끔 재단의 간사님들이 지도해 주러 오시고 타 지역 출신 학생들을 위해서는 재단에서 제공하는 아파트가 셰어하우스로 제공된다. 여자 셰어하우스 이름은 다솜, 애틋한 사랑이란 뜻. 남자 셰어하우스는 슈룹, 우산이라는 뜻이다. 한글 동아리답게 고유어 이름이다. 다솜과 슈룹은 집세가 매우 싸다. 여기에 사는 학생들은 신입생 예비 소집 전후에 동아리 홍보

활동도 하고 입주자 모집도 하는데 오늘 하우스 새 입주자들이 구경할 겸 동아리 스터디에 참여했다. 셰어하우스에 산다고 꼭 동아리에 적극적으로 활동해야 하는 것은 아니지만 종교는 꼭 개신교여야 한다.

아침 모임이 끝나자마자 나를 제외한 모든 동아리 회원들이 신입생들에게 다가가서 인사하고 챙겨주기 시작했다. 나는 평소에도 동아리 들어오라고 저자세로 설득하는 걸 별로 안 좋아한다. 보아하니 다들 외모가 수려한 것이 어차피 우리 동아리 들어와도 오래 남아 있을 것 같지도 않다. 세상에 재미있는 게 얼마나 많은데 저렇게 멀쩡한(?) 남자 신입생들이 봉사 동아리를 열심히 하겠어? 고등학교 시절부터 지금까지 이 동아리를 하고 있는 내가 이렇게 말하는 것이 이상해 보이겠지만 사실은 사실일 뿐. 그리고 그동안 우리 동아리엔 치명적인 매력을 가진 남학생은 단언컨대 단 한 명도 없었다. 전국 단위 연합 수련회에 가 보면 다른 지역에는 멋진 남자애들도 더러 있던데 유독 춘천 지역은 동아리 정체성과 목적 그 자체에만 집중하게 만드는 멤버들뿐. 봉사 정신의 순수성을 지키기엔 최적의 환경이다. 그래서 여자 신입생이 없나…

아침 모임이 끝나고 잠시 어수선했다. 모두들 신입생들 챙겨 주느라 정신이 없다. 벌써 선배들과 친해진 애들도 많아 보인다. 남자 신입생 한 명이 다솜에 사는 기영이랑 민하와 굉장히 친해 보였다. 청바지와 흰 셔츠에 파스텔 톤 니트 조끼를 입고 있었는데 크고 긴 눈매와 조용한 표정. 저런 애가 왜 여기에? 음, 운동 동아리를 하면 했지 여기랑은 안 맞아 보인다. 나는 신입생들에게 인사조차 안 하고 4학년 리더들과 오늘 있을 동아리 홍보 회의에 집중했다. 잠시 후 모두 1교시 강의를 듣거나 아침 식사를 하러 뿔뿔이 동방을 빠져나갔다.

어느새 동방에는 나만 남았다.

조용해진, 햇살 가득한 동방에서 책을 읽고 있는데 누군가 동방문을 반만 열고선 안 들어오고 가만히 서 있다. 고개를 드니 힙합 스타일의 헐렁한 옷을 입고 파란 야구 모자를 푹 눌러 쓴 남자애가 문을 반만 열고 나를 보고 있다. 얼굴은 잘 보이지도 않는다. 눈이 마주치니까 쑥 들어서며 동아리 설명을 들으러 왔단다. 움직일 사람이 나밖에 없으니 지금은 영혼을 담아 움직여야 할 시간. 힙합 소년을 앉혀 놓고 세상에서 제일 친절한 말투와 표정으로 열심히 동아리 설명을 했다. 온 몸에서 자기 취향과 성격이 풍겨 나오는 힙합 소년은 어딘가 불량해 보인다. 딱 보니까 날라리 같고 봉사에 관심이 하나도 없을 것 같은데 질문은 끝이 없다.

아침 모임은 몇 시냐. 스터디 그룹도 있냐. 리더는 누가 하냐. 남자는 남자끼리만 스터디 하는 거냐. 어째서 그러냐. 자기는 외부 학사에서 사는데 거기 아침밥을 꼭 먹어야 한다. 그러면 아침 스터디에 못 온다. 어떡하냐. (도대체 뭘 어떡하냐는 건지!) 할머니가 꼭 기독교 계열 동아리 들어가라고 해서 들어왔다. 한글 봉사 꼭 하라고 했다. (어쩌라고!)

굉장히 착한 말투를 쓰는데 누가 봐도 눈매가 깡패 같다. 내가 평소에 가까이 지내는 유형은 아닌데 좀 재밌긴 하다. 이런 애가 왜 여기 왔지? 아무래도 이번 학기 신입생은 거품이 많은 것 같다. 아무튼 긴긴 설명이 끝나고 더 질문 있냐고 물었다.

"누나 밥 먹었어요?"

"네? 아니요."

"그럼 밥 먹으러 가요."

"?"

"밥 사 주세요."

"(미쳤니?) 싫어요."

"그럼 제가 사 줄게요."

"왜요?"

"배 안 고파요?"

"…"

나는 어느새 힙합 소년과 바로 아래층 매점에 와 있다. 이 건물은 인문대와 공대 사이에 있는 우리 학교에서 가장 오래된 학생 복지 센터다. 1층은 직원 식당, 매점, 학생 식당이 있고 2층은 전부 다 동아리방이다. 우리 동아리 사람들은 공강 때나 점심, 저녁 시간에 늘 동방에서 기다렸다가 만나서 밥을 먹곤 한다. 조금 전 처음 만난 힙합 소년, 정말로 나에게 식권을 사 줬다. 그리고 자긴 꿀꽈배기를 샀다.

"밥 먹자면서요."

"전 밥 안 먹어요. 꿀꽈배기만 먹어요."

"(가지가지 한다.) 근데 왜 밥을 먹자고 해요."

"누나가 배고프니까요."

'뭔 헛소리? 왜 자꾸 웃다가 정색이야?'

이날 이후 동방에 갈 때마다 얘가 있었다. 동방에 앉아 있다가 나만 보면 바로 일어난다.

"누나! 오늘은 밖에 나가서 먹자."

"싫어. 1층에서 토스트 먹을 거야."

"아. 진짜 고기도 못 먹어서 맨날 토스트만 먹으면서! 밖에서 먹자."

"밖에서 먹으면 비싸."

"그럼 내가 사줄게."

"넌 왜 자꾸 밥을 산대."

"그럼 누나가 사."

"내가 왜? 그리고 왜 반말이냐?"

"누나. 친구로 대해주면 본인이 젊은가 보다 하세요."

"그 얼굴로 그런 말이 잘도 나온다."

"존댓말을 하시든가."

  깍듯한 건 하루뿐이었고 항상 대화가 이런 식이다. 힙합 소년 H. 친구도 많은 것 같은데 동방에 자주 오는 게 기특하기는 하다. 좀 챙겨주면 동아리 활동 좀 하려나.

2

슈릅

나는 전공이 국문학이라는 핑계로 학교 다니는 내내 영어 공부를 한 번도 안 했는데 4학년이 되면서 양심도 좀 찔리고 시간도 남아서 어학 교육원에 영어 스피킹 수업을 신청했다. 실력에 맞는 클래스를 배정 받기 위한 인터뷰 때, 왜 영어 공부를 하냐는 질문에 '내년에 외국에 한글 교육 봉사하러 가는데 필요하다. 한글 봉사가 고등학교 때부터 꿈이었다.'라고 관련된 에피소드까지 섞어가며 대답했다. 이건 준비된 답변이었다. 다른 걸 더 물어 봤으면 답을 하나도 못 했을 텐데 파란 눈의 안경 쓴 초로의 외국인 강사는 거기까지만 물었고 그 바람에 중급 클래스에 배정이 됐다. 왜 준비는 해가지고.

약간의 오해 속에 중급반이 된 것이 확실하므로 조마조마한 마음으로 첫 수업에 들어갔다. 오후 6시에 시작해서 두 시간 하는 수업인데 자기소개부터 프리 토킹까지 왜 이렇게 어려운 거냐. 그런데 아무리 봐도 말을 너무 잘 하는 남자애가 한 명 혼자서 아주 토크 쇼를 하고 있다. 저 정도면 상급반 아닌가? 부담되서 말 하겠냐고! 다른 사람들도 다 같은 생각인지 입도 뻥끗 안 하고 구경만 하고 있다. 그래도 돈 내고 듣는 건데 가만히 있을 수 없지! '여기 중급반인데 쟤는 너무 잘 한다. 쟤 말고 우리는 다 그냥 하이~ 오늘 날씨는 어때? 이 정도 말고는 말하기가 너무 힘들다.'라고 더듬거리며 나름 항의를 했다. 그 말을 듣고는 캐나다인 강사 개리가 너 말 잘하는데 왜 안 하냐고 해서 모두들 웃는 바람에 분위기가 좀 풀렸다. 하긴 그러네. 말 안 한 내 잘못이지.

그때 밖에서 비가 내리기 시작했다. 창밖을 보니 비가 많이 온다. 우산도 없고 집에 걸어가야 하는데 망했다. 수업

후에 개리가 한국어 공부에 대해서 물어볼 게 있다고 해서 얘기하다가 좀 늦게 나왔다. 여전히 비가 온다. 터벅터벅 계단을 내려오는데 중앙 현관에 어떤 남자가 우산을 들고 서 있다.

"아~ 왜 이렇게 늦게 나와. 남들 다 나왔는데."
"(H?) 여기서 뭐해? 수업 있었어?"
"뭐하냐고? 어이가 없네. 아 됐고, 빨리 가자."

광장을 가로질러 후문을 지나 건널목을 건너고 학교 앞 정류장인데 버스를 타고 학사로 가야 하는 H가 정류장을 그냥 지나친다.

"너 학교 앞에서 버스 타고 가지 않아?"
"버스를 안 타니까 뭘 모르는구만. 학교 앞에 버스 너무 안 와. 진짜 춘천 버스 노선 너무 개판이야. 길에서 너무 시간 낭비라니까? 누나네 동네가 버스가 더 많아서 거기 가서 타는 게 빨라."

큰 우산이었지만 비를 안 맞으려면 가까이 붙어서 걸어야 했다. H는 나란히 걸을 때면 날 잘 쳐다보지도 않고 앞만 보고 얘기한다. 원래는 좀 수줍어하는 성격인 것 같다. 티는 안 나지만. 그나저나 우산이 참 예쁘다. 옷이나 작은 소품에서도 취향이 느껴진다.

"너 우산이 고유어로 뭔지 알아?"

"또 퀴즈야? 국문과 중에 누나만 이러지?"

"너도 아는 단어야. 너네 리더 영우랑 관련 있어."

"영우형? 슈룹?"

"오~ 눈치~"

"그런데 집 이름이 왜 슈룹이야?"

"뭐, 타지에서 사는 사람들한테 우산이 되어준다. 그런 의미겠지."

"고향에서 학교 다녀도 우산 필요할 거 같은데. 춘천 사람도 챙겨야지. 고마운 줄 알아. 감동해라. 누가 이렇게 챙겨주냐."

"어~ 그래. 고마워."

"누나는 생일이 언제야?"

"4월 20일."

"다음 달이네? 이거 또 내가 챙겨 줘야겠네."

"너 아니어도 챙겨줄 사람 많거든!"

"너무 감동하지만 마라."

"일단 감동할 일이 생기고 나서 말하자."

그날부터 영어 수업이 끝날 때마다 H가 나를 기다린다. 가끔 비가 오면 우산을 들고. (나는 일기예보를 잘 안 본다.) H는 수업 끝날 때마다 왜 이렇게 늦게 끝나냐며 투덜댄다. 아니 그렇게 불만이면 왜 기다리는 건지. 집에 가는 내내 이어지는 수다는 항상 재밌다.

3
널 위해 준비했어

나는 4년 내내 학내 중앙 도서관에서 봉사 장학생 아르바이트를 하고 있다. 오늘은 대출 반납 처리 중이다. 대출 도서 반납을 처리할 때는 중앙 도서관 가장 위층, 장서실에 들어서자마자 보이는 반납대에서 일을 한다. 관공서같이 생긴 오픈형 사무 공간 안쪽에 앉아 있으면 학생들이 대출한 도서를 반납한다. 상대방을 볼 일은 없고 손만 내밀어 책을 받아서 모니터를 보며 바코드를 찍고 연체 여부 확인 후 처리됐다고 말하고 반납 도서를 모았다가 북카트에 옮긴다. 도서관 대출 반납 업무는 쉽고 한가하다. 자리에 앉아서 책

을 읽다가 틈틈이 기계적으로 일을 처리하고 있는데 누군가
가 앞에 서서 도서 반납도 안 하고 버티고 있다. 손을 내밀
어 책을 받으려다가 아무것도 안 와서 고개를 들어보니 H가
서 있다. 커다란 애가 신난 표정으로 동의를 구하듯 눈이 반
짝인다. 3초간 대치 상황. 아무리 쳐다봐도 웃기만 한다.

"뭐!"

그제서야 H는 밝은 회색 후드티 양 주머니에서 한 손에
두 개씩 캔을 꺼내더니 반납대 위에 가지런히 놓는다. 커피,
오렌지 주스, 이온 음료, 탄산 음료.

"널 위해 준비했어!"

갑자기 광고 카피를 읊고 난리.

"골라! 뭘 좋아하는지 몰라서. 종류대로 다 샀어."

시큰둥하고 싶은데 자꾸만 입꼬리가 올라간다.

"다 먹어도 돼?"

"하나만 고르라고."(정색)

"응!"

얼른 하나를 고른다. 정말로 하나만 주더니 나머지를 주섬주섬 다시 가방에 넣는다. 주머니에서 꺼낸 건 연출이었니.

"밥 먹으러 가자."

"일해야 돼."

"일 끝나고 먹으면 되지."

도서를 반납하려던 사람이 뒤에서 기다린다. H는 뒤에 서 있던 사람에게 인사를 꾸벅하더니 (가만 보면 나를 제외한 모두에게 깍듯하다.) 진지하게 하소연이다. 이 사람이 음료수를 네 개를 다 먹겠다고 해서 제가 지금 어쩌고저쩌고. 미쳤나. 왜 저래? 아니 왜 들어줘? 나 빼고 모두 웃는다. 창피해 죽겠다. 저렇게 능청스러운 애는 태어나서 처음 봤다. 일어나서 북카트의 도서를 정리하려니까 경계벽을 따라 졸졸 따라오며 이따 갈 때 같이 가자고 다짐을 받더니 장서실 안쪽으로 사라진다. 일이 끝나고 가 보니 소파에서 자고 있다.

"누나는 왜 이렇게 맨날 바빠? 집에 갈 때 아니면 시간이 없어?"

"내가 맡고 있는 스터디가 많아서 그래."

"아니 무슨 4학년이 자기 할 일을 해야지 동아리 일을 그렇게 많이 맡아서 해?"

"나 내년에 우즈벡에 한글학교 봉사하러 갈 거라서 따로 취업 준비 안 해. 그러니까 괜찮아."

"거긴 왜 가는 거야? 가면 엄청 고생할 텐데. 위험하지 않아?"

"위험한가? 나 고등학교 때부터 하고 싶었던 일이야. 그리고 나 수업도 잘 해. 걔리 보니까 그냥 영어만 할 줄 알지. 문법 하나도 모르고 가르칠 줄도 모르더라. 난 교직 이수도 했고 중학교 때부터 학습부장이라서 국어 문법 이런 거 되게 잘 가르쳐."

"아이고 진짜 더럽게 재미없게 살았나 보네."

"너는 공부를 안 해서 그렇게 재밌게 사나?"

"내가 고등학교 때 맨날 밤마다 술 마시러 다녔거든? 그래도 국영수는 되게 잘 해서 그래도 국립대 온 거라고."

"너는 3대째 교회 다닌다면서 왜 이렇게 개망나니같이 사냐?"
"개망나니 덕분에 집에 안전하게 가는 줄 알아."
"어차피 너 없었을 때도 이 길로 안전하게 평생 다녔어."
"나이도 몇 개 되지도 않으면서 평생 같은 소리 한다."
"뭐라고? 크게 말해. 뭘 중얼중얼거려."

"우리 할머니가 대학가면 진짜 착한 사람이랑 친하라고 신신당부 했는데."
"할머니 말씀은 잘 듣는구나."
"한 마디를 안 지는구나."
"제발 좀 이겨 봐봐."

집까지 같이 걸어갈 때면 H는 어린 시절 얘기를 많이 한다. 부모님보다 할머니랑 더 친하고 가족 모두 독실한 개신교, 아버지는 군인, 어머니는 선생님. 두 분이 맞벌이라 바쁘서서 자기는 구미에 계신 할머니 댁에서 자랐다고 했다.

　"구미? 구미는 서울에서 먼가?"

　"와. 진짜 심각하네. 구미가 어딘지도 몰라?"

　"어. 나 춘천에서도 걸어 다니는 범위만 왔다 갔다 해서
어디가 어딘지 잘 몰라. 너 사는 학사 거기도 어디 있는지
잘 몰라."

　"애기다. 애기."

　"모를 수도 있지!"

　"누나 서울은 와 봤어?"

　"대학 와서는 두 번 가 봤나? 춘천에서 살 건데 다른 데가
어디 붙어 있는지가 뭐가 중요해."

　"그러면서 우즈벡은 왜 가냐?"

　"그건 비행기 타고 가는 거니까 다르지."

　"다르긴 뭐가, 아 됐다. 말을 말자. 누나는 나중에 춘천에
서 계속 살 거야?"

　"응."

　"왜?"

　"다른 데서 살고 싶다는 생각은 해본 적 없는데?"

"해 봐."

"재미없을 거 같은데"

"좋아하는 사람이랑 살면 재밌지."

"춘천사람 좋아하면 되지."

"누나가 좋아할 만한 사람 없던데"

"부정은 못 하겠다."

❀❀❀

4월 초 어느 날, 봄의 선선한 바람을 맞으며 같이 걸어왔던 새벽. H가 음성 메시지를 남겼다.

'널 위해 준비했어.'

이러더니 김장훈의 '나와 같다면'을 녹음했다. 새벽 3시가 넘은 시간, 몇 번 듣다가 잠이 들었다.

4
너무 부담스러워

　오늘은 내가 리더인, 3학년 여자 그룹 스터디하는 날이
다. 그룹 멤버는 1학년 첫 학기부터 동아리에 들어왔던 불
문과 기영이, 기영이 소개로 들어온 같은 과 친구 선혜, 동
아리에 정착 못 하다가 작년부터 우리 그룹에 들어온 경영
학과의 민하 이렇게 나까지 네 명이다. 기영이는 원주, 선혜
는 태백, 기영이는 서울이 집이다. 선혜는 기숙사에서 살고
기영이와 민하는 작년부터 셰어하우스 다솜에서 같이 살고
있다. 셰어하우스마다 리더가 있는데 다솜의 리더는 - 나와
동기인 - 은희다. 1학년 때 나를 무척 따랐던 기영이는 작년

부터 다솜에 살게 되면서 은희와 영혼의 짝꿍처럼 친해졌
다. 같은 집에 사는 건 민하도 마찬가지지만 민하는 주중에
도 아르바이트가 많고 주말마다 서울로 올라가서 그런지 하
우스 메이트들과 많이 어울리지는 못 한다.

　동아리 리더는 원래 3학년부터 맡는데 나는 전공도 국문
학이고 고등학교 때부터 활동해 왔다는 이유로 2학년에 리
더를 시작해서 부담이 컸다. 스물한 살이 된 것도 당황스러
운 판에 리더라니! 나이 차이도 안 나고 권위도 없으니 모범
이라도 보이려고 동아리 활동이며 학점 관리며 아르바이트
며 완벽히 하느라고 참 열심히 살았다. 그때 가장 붙임성 있
게 굴었던 후배가 기영이였다. 지금도 기영이는 수시로 간
식이나 편지를 과함에 넣고 가기도 하고 애정 표현도 많이
한다. 선혜는 과묵하고 거리를 유지하면서 자기 할 일은 정
확히 하는 성격이고 민하는 서울 사람이라 그런지, 연예인
처럼 화려하고 표현도 거침없다. 자유로운 영혼의 소유자.
하고 싶은 것은 해야 하는 기분파. 민하가 하이텐션으로 방
방 뛰면 선혜는 조용히 웃고 나와 기영이는 같이 흥분한다.
우리는 민하를 미나쌍이라고 부른다. 우리 스터디는 동아

리 내에서 실력도 단결력도 가장 좋다. 단 한 주도 스터디를 거른 적이 없고 항상 길게 열정적으로 모임을 해서 모두의 부러움을 받고 있다.

그런데! 내가 오늘 스터디 준비를 못 했다! 원래 어제가 최종적으로 준비하고 점검하는 날인데 교육학 수업 팀미팅이 갑자기 생겨서 오늘 오전에 준비하려고 했지만 전공 세미나 교수님 호출 이후에 연쇄적으로 일이 밀려서 준비를 못 했다. 4월 중간고사 직전이라 변수가 많았는데 내가 방심했다. 내가 스터디 준비를 못하다니! 뭔가를 맡고서 안한 적이 단 한 번도 없었는데. 이런 일 있을 때마다 그건 그거고 이건 이거라고 공과 사를 구분하라고 칼같이 말해 왔는데, 애들이 나한테 뭐라고 할까? 엄청 비난받겠지. 선혜는 얼마나 조곤조곤 따질 것이며, 미나짱과 기영이는 얼마나 황당해 할까? 실망했다고 스터디 안 한다고 하는 거 아니야?

동방에서 애들을 기다리는데 심장이 터질 것 같다.

"저기, 얘들아. 내가, 오늘 스터디 준비를 못했어. 오늘 스터디 못할 것 같아. 오늘 할 수 있을 줄 알고 어제 미리 말도 못 했어. 미안…."

"그럼 우리 오늘 공부 안 해?"

미나쨩이 깜짝 놀란다.

'그래 나도 충격이야.'

"언니가 준비를 안 해왔다고?"

예상했던 기영이의 반응. 이제 선혜가 조곤조곤 따질 차례.

"이제야 좀 사람 같네 ."

"어?"

"언니 진짜 어떻게 스터디를 맨날 그렇게 따박따박 열심히 해. 언니가 그렇게 하면 우리가 엄청 부담된다고. 이제야 숨 좀 쉬겠네."

'음, 완벽한 선혜가 할 말은 좀 아닌 것 같은데….'

"선혜가 이 정도면 난 어떻겠어. 아니 무슨 사람이 학점도 잘 받아. 교회도 열심히 다녀. 세미나도 하나도 안 빠져. 알바도 꼬박꼬박해. 스터디를 몇 개를 운영하면서 펑크도 안 내. 나처럼 서울 오가면서 이거저거 다 빠지는 사람은 되게 부담스럽다고. 아유 인간미 있다!"

미나짱이 너스레를 부린다.

"그럼 우리 노래방 갈까. 밥은 뭐 먹지?"

기영이는 그저 신났다. 고맙다. 기영.

"내가 스터디 준비 잘 안 해 오면 실망하고 동아리 안 오고 싶고 그런 거 아니야?"

"에이. 언니! 동아리는 그냥 재밌으니까 하는 거지. 그리고 언니 솔직히 너무 그렇게 다 잘하면 되게 부담스러워. 적당히 해."

"아니… 난 너네도 다 잘해야 한다고 생각해서 그런 건 아니고."

"쑤 언니, 그런게 어딨어. 잘 하는 사람 있으면 못 하는 사
람은 못난 거 티 나는데. 당연히 부담되지. 언니가 평균값을
너무 올려놨어. 좀 인간미 있게 하라고."

셋이서 돌아가며 한 마디씩 한다. 내가 뭐든 잘 하고 실수
가 없어야 잘 지낼 수 있는 게 아니었나? 내가 흠이 없어야
사람들이 좋아하는 거 아니었어? 그런 게 오히려 부담될 수
도 있다니. 약속을 못 지킨 것보다 이런 반응이 더 충격이
다. 나는 정말 내가 무언가를 못 하거나 실수하면 사람들이
실망하고 돌아설 줄 알았다. 그리고 내가 완벽해 보인다니!
이게 무슨 말? 남들이 그렇게 생각하고 있나?

5

도대체 뭐가 문제야?

　4월 중순이다. 벚꽃 만개한 봄밤이 하루하루 아깝다. 오늘은 강사 개리가 아파서 평소보다 스피킹 수업이 일찍 끝났다. 1층으로 내려와 보니 당연히 H가 없다. 기다려야 하나? 아니면 먼저 간다고 연락해야 하나? 잠깐 고민하다가 일찍 끝나서 먼저 간다고 음성 메시지만 남기고 집으로 왔다.

　'내가 뭐라고 H가 매일 나를 기다리겠어. 그냥 없으면 집에 가겠지.'

그냥 가버려도 H는 신경 안 쓸 거라고 생각한 것인지 H
가 화나도 상관없다고 생각한 것인지 잘 모르겠다. 기다릴
용기가 나지 않았다. 기다리는데 무슨 용기? 사실은 아침에
리더 모임 때 종학 선배가 H가 나를 좋아하는 거 아니냐는
말을 했다. 그냥 스치듯 웃으면서 나온 잡담이었다. 그런데
신경 쓰였다. 과묵하기만 한 종학 선배가 저렇게 관찰력이
좋았나? 아닌가? 이번에도 나만 몰랐나?

  'H는 너만 따라다니던데? 너 좋아하는 거 아니야?'

  어릴 적부터 난 누군가와 가까워질 때 적극적으로 움직여
본 적이 없다. 공적인 책임이 있으면 주도적이지만 사적으
로는 관계에 수동적이다. 자연스럽게 친해지는 사이도 내
가 먼저 다가간 적은 없다. 상대방이 날 안 좋아할 수도 있
는데 내가 다가가는 것은 너무 부담을 주는 것 같고 두렵다.
나는 친구들한테 뭘 해보자는 제안도 잘 못한다. 그럴 자격
이 없는 느낌이랄까. 하지만 친구들이 뭔가를 제안하면 언
제나 협조적이고 웬만한 건 즐겁게 참여한다. 그게 적극적
으로 보이기도 해서 사람들은 내가 얼마나 수동적이고 소심

한지 잘 모른다.

H와의 관계도 그랬다. 처음 본 날부터 지금까지 늘 H가
날 기다리거나 찾아왔다. 매일 연락을 하고 밥을 먹을 정도
로 가까워졌지만 우리가 친해진 것은 H의 노력 때문이고 난
선배로서 잘 해주고 잘 응대해 준 것뿐이라는 핑계가 늘 마
음 한 편에 있었다. 이 친밀함이 내 책임은 아니라는 핑계.
그런데 만약에 내가 오늘 H를 기다리면 H는 어떻게 생각할
까. 분명히 어떤 의미를 부여하겠지. 미묘하게 무언가가 변
하겠지. 우리가 남들보다 친한 것이 사실이긴 하지만 나는
그냥 모든 것이 전과 똑같기를 바랐다. 이 관계에 나의 기여
도 있다는 생각이 서로에게 뚜렷하게 남는 게 두렵다.

벚꽃이 늘어선 길을 천천히 걸어 집에 도착 후 씻고 나오
니 음성 메시지가 와 있다.

'누나! 나 지금 여기 어학원 앞인데 집에 갔다고? 왜? 와…
난 진짜 누나 이해가 안 간다. 내가 오늘 누나랑 가려고 얼
마나 오래 기다렸는지 알아? 내가 맨날 기다렸잖아. 맨날

같이 갔는데 왜 말도 안 하고 가? 사람이 왜 그래? 누나 되게 이상해. 누나는 도대체 뭐가 문제야?'

이렇게 화내는 건 처음이다. 화를 계속 누르면서 말을 하는데도 분을 못 참는다. 내가 친하게 지내왔던 남자애들과는 전혀 다른 반응이었다. 화가 나도 가볍게 웃고 넘어갈 줄 알았는데 당황스럽다. H가 수업 끝나는 시간이랑 비슷해서 기다려 줬던 거 아닌가? 왜 이렇게까지 화를 내는 거지? 이게 그렇게 큰 문제야?

H는 깍듯한 애다. (나를 제외한 모두에게 그렇다.) 어떤 면에선 붙임성이 좋다. 사람을 대하는 태도가 아주 자연스럽다. 하지만 곁을 잘 주지 않는 아이라서 아직은 선배들도 조심스럽게 대한다. 막상 친해진다고 해도 그렇게 편하게 느껴지는 성격은 아닐 것 같다. 유머 감각이 있어서 전혀 나대지 않으면서 짧게 받아치는 말로도 웃기고 누굴 깎아내리는 말은 안 한다. 눈치도 빠르다. 이해 받으려고 애쓰지도 않는다. 내가 가늠하기 힘든, 뭔가 겪은 게 많아 보이는 애다.

H는 나에게 자기 얘기를 정말 많이 했지만 난 언제나 잘 들어 주기만 했다. 나를 잘 따르니까 잘 챙겼고 자주 마주치니까 잘 어울렸고 장난을 치면 잘 받아쳤다. 그런데 내 얘기를 한 적은 없다. 난 원래 누구에게도 그렇게 속 얘기를 하는 편은 아니다. 얘가 그걸 신경 쓰고 있었을까? H가 화를 내니까 머리가 멍해졌다. 난 화를 내는 사람을 대하는 방법은 잘 모른다. 불편하다. 우리 아빠 너무 화를 잘 내는 사람이고 난 굴복하지는 않더라도 겁이 많아서 어렸을 때부터 누군가 화를 내면 설명 없이 바로 마음을 닫고 안전하게 뒤로 물러나는 사람이다.

난 H의 화를 풀어 주려고 애쓰지 않았다. 그 애가 건네서 맞잡고 있던 끈을 바로 놓았다. 리더 모임 때 잠깐 나왔던 잡담 같은 말 때문에. H는 그 다음부터 어학원에 오지 않았다. 나는 조금 허전했고 아무 행동도 하지 않았다. 내가 왜 그랬는지 H는 모르겠지.

그리고 내 생일도 지나가 버렸다.

6
둘
이

생일이 지난 지 며칠 된 어느 날, 동아리 방에 혼자 있는데 H가 들어왔다. 시간을 다 계산해서 왔겠지. 어쩌다 마주쳐도 어색하게 무뚝뚝하더니 오늘은 태연한 얼굴이다.

"누나 생일이었어요?"
"응"
"파티 해야겠네~. 어떻게 뭐. 뭐 먹고 싶어요."

화가 풀렸나. 말투는 깍듯해 졌네.

"사줄 거야?"

"당연하지. 빨리 나가자."

그래서 그렇게 H의 소원이던 둘만의 외식을 하러 나왔다.

"누나 선물 많이 받았어요?"

"당연하지. 내 생일 한 달 동안 축하 기간이잖아. 그리고 어제 내가 개리랑 한국어 수업하고 밥을 먹었는데 말이야."

나는 열정적으로 그 동안의 일을 설명했다. 사실은 할 얘기가 많았었다.

"아주 신났네. 신났어."

벌써 4월 말이라서 학교에서도 밖에서도 벚꽃 잎이 나부 꼈다. 따뜻하고 반짝거리는 날씨였다. 앞을 보며 한참 떠들다가 H를 보면 내 말은 잘 듣지는 않고 웃고만 있다. 똑바로 들으라고 호통을 치면 알았다고 듣는다고 진정하라며 내 양어깨를 살짝 잡았다. 처음 나를 데리러 왔던 비 오던 날이 생각났다. 그날도 저렇게 웃더니, 그냥 가버린 일이 미안하기도 했고 최대한 잘 해주고 싶었다.

"너 뭐하고 싶어?"
"영화 보러 갈까?"
"지금 가면 시간 애매할 거 같은데 극장까지 가야하고 상영시간 안 맞을 수도 있고."
"비디오방 가면 되지!"
"그래."

원래 1학년 때부터도 동아리 사람들이랑은 남자고 여자고 둘이라도 비디오 보러 다녔기 때문에 어색하진 않았다. 둘이 노래방 가는 것보단 재밌을 것 같다. H가 고른 영화는 무슨 인질극을 벌이는 영화였는데 곱게 자란 여자 주인공과 범죄자인 남자 주인공이 결국 사랑에 빠지는 내용이었다. H는 영화 보는 내내 나한테는 말을 안 하고 여자 주인공이 성격이 너무 자기 멋대로라면서 혼자 흥분해서 계속 떠들었다. 영화 얘기를 하는 건지 나한테 욕을 하는 건지. 그렇게 떠들면서 꿀꽈배기 한 봉지를 다 먹고 나니까 조용해 졌다.

난 원래도 영화 볼 때 말을 잘 안 해서 중반 이후부터는 둘 다 초집중해서 영화를 봤다.

영화를 다 보고 밖에 나와 보니 해가 지려고 거리가 석양에 물들어 노랗게 보였다. H의 얼굴에도 안경에도 금빛 테두리가 생겼다. 눈동자에 볕이 들어서 눈이 부셨다. H는 나와 눈이 마주치더니 뭐라고 말을 하려다가 말았다. 저녁을 먹고 집에까지 걸어가는 동안 몇 시간 내내 얘기를 나눴다.

"우리 할머니네 집이 구미라고 했잖아요. 나 애기 때, 엄마가 할머니 집에 나 보러 오면 난 엄마한테 가지도 않았대. 원래 애기들이 엄마 좋아하잖아 헤어질 때 울고 근데 난 엄마 간다고 하면 나와 보지도 않고 숨고 진짜 싫어했대. 그래서 할머니한테 많이 혼났어. 독하다고. 근데 지금 생각해 보면 엄마도 되게 속상했을 거야. 그렇게 멀리서 왔는데 내가 가까이 가지도 않고 얼굴도 안 보고 헤어지고. 내가 좀 그랬어."

"반대로 행동하는 애기였네"

"그런가, 근데 어릴 때 안 친하면 커서도 서먹한 거 같애. 지금은 친하긴 친한데. 좀 어색해."

"나도 아빠랑 사이 안 좋은데."

"누나는 왜?"

"성격도 너무 안 맞고 너무 권위적이야. 되게, 하여튼 사나워. 안 맞아."

"어쩐지."

"뭐가?"

"누나 남자 별로 안 좋아하잖아."

"나 친한 남자 많은데?"

"그런 거 말고. 뭐 누나가 뭘 알겠냐. 어려가지고."

"또 시작이네."

어느새 H는 반말로 돌아왔다.

"나중에 서울에 전학 왔는데 수업 시간에 교과서 읽으라고 시키잖아. 읽으니까 애들이 막 웃는 거야. 외국어냐고. 할머니네 가면 애들이 서울말 한다고 뭐라 하고. 서울 갔더니 사투리 쓴다고 웃고 그만큼 어딜 가나 내가 재밌는 사람이었다는 거지."

"전학 다니느라 힘들었겠다."

집 앞에서 헤어질 때 H는 생일 선물로 미리 준비한 거라
면서 꿀꽈배기를 한 봉지 줬다. 생일 카드 대신 포스트잇이
붙어 있었다.

To 혜수 누나
생신을 축하드립니다! (좀 늦었지만)
앞으로도 항상 밝은 모습으로
즐겁게 웃으면서 사실 것을
믿어 의심치 않습니다.

PS. 애기 같이 사세요 ^^
from : 터브가이 H

애기처럼 사시라니, 누가 누구보고 애기래. 터프가이를
'터브가이'로 잘못 썼다. 터프해 보여야 한다는 강박 때문에
귀여워졌다. 꿀꽈배기를 주다니, 감동이네. 그렇게 하루를

보내고 5월 말에 영어 스피킹 수업이 끝날 때까지 H는 다시 어학원 1층에서 나를 기다렸고 동아리 스터디도 열심히 참여했다. H의 리더인 3학년 영우는 왜 H가 동아리에 열심히 나오는지 잘 모르겠다고 자기 때문은 아닌 것 같다며 신기해했다.

그리고 가끔 새벽 3-4시에 음악 메시지가 왔다.

7
여기가 아닌 곳

6월엔 비사범계 교생 실습이 있다. 난 인문대 학생이라서 따로 교원 자격증을 얻기 위해 교직이수 중이다. 교생 실습에 입을 옷이 없어서 미나짱과 서울에서 쇼핑을 하고 미나짱네 집에서 자고 왔다. 미나짱을 따라다니면서 서울에서 쇼핑하는 법을 배웠다. 서울 사람과 함께 돌아다닌 서울은 정말 어마어마했다. 쇼핑 거리 자체가 정말 큰데 그런 곳이 전철을 타고 내릴 때마다 펼쳐졌다. 동대문 뒷골목까지 다 돌아다녔다. 쇼핑 팁을 다 알아듣는 것조차 힘들었지만 열심히 들었다. 미나짱은 내가 생각한 것보다 훨씬 생활력이

강하고 아는 것이 많은 아이였다. 서울 사람이라고 다 이렇진 않을 것 같다.

아, H도 이럴 것 같다. H네 도시에 왔네. H네 집은 어디지? 미나짱네 집이랑 가까우려나?

어버버 하다가 하루가 다 갔다. 집에 가보니 미나짱 말대로 어머니는 너무 포근하셨고 아버지는 무서웠다. 두 언니 중 첫째 언니는 개성 있고 강인해 보였고 둘째 언니는 나도 아는 언니라서 반갑고 편했다. 언니들은 내가 미나짱의 대학 생활 은인(?)이라며 뭘 자꾸 주셨다. 간식, 선물 등등. 미나짱네 집에서 교생 실습 때 입으라며 많은 옷을 선물 받았다. 딸이 셋인 집이라 그런가? 구제 옷가게를 차려도 될 만큼 옷이 많았다.

아침에 일어나 미나짱네 교회에 따라 갔는데 교회 사람들이 다들 나를 신기해했고 굉장히 친절했다. 나고 자란 곳에서 늘 만나던 사람만 보다가 낯선 존재가 된다는 것은 너무 다른 느낌이라서 신선했다. 보살핌을 받는 기분을 처음 느껴봤다. 내가 아닌 다른 동아리 사람은 대부분 이런 신선한 기분으로 살고 있는 건가? 내가 저런 태도로 그들을 대했던 건가? 미나짱은 동네의 여기저기를 구경시켜 줬다. 시장, 단골 맛집, 산책로, 쇼핑하기 좋은 골목과 가게들… 미나짱은 꼭 관광 가이드 같았다. 난 맨날 공부만 시켰지 춘천을 그렇게 소개해 준 적이 없다. 할 수도 없을 것 같다. 미나짱이 다른 사람처럼 보인다. 멋있어.

"언니, 실습 들어가면 동아리 생각 절대 하지 말고 실습에만 집중해."

❋❋❋

교생 실습은 내가 졸업한 사립 여자 중학교로 지원했다. 졸업한 지 6년이나 지났고 중학교 때 조용히 살았기 때문에 아무도 나를 모를 줄 알았는데 실습 첫날, 나를 가르쳐 주신 모든 선생님께서 나를 알아 보셔서 당황했다. (내가 기억하는 나와 진짜 나는 많이 다른 것 같다.) 덕분에 자연스럽게 교생 대표가 됐다. 봄부터 이어진 바쁜 생활보다 더 바쁜 한 달이 시작됐다.

  실습 내내 동아리와 학과 사람들과 연락도 안 하고 지냈다. 주말에 친구들도 안 만났다. 나도 내가 이럴 줄은 몰랐는데 그동안 지고 있던 책임과 의무가 지겨웠던 건가? 내년 봉사자로서의 의무로 꼬박꼬박 참여해야 했던 한글학교 세미나와 스터디도 다 빠지니까 너무 편했다. 교생 실습이라는 핑계 있는 회피가 달콤했다. 실습이 무척 힘들었는데도 그랬다. 솔직히 하루 종일 책상에 앉아 있거나 교실에 가 있어야 하는 교생 실습 상황도 너무 답답했다. 이렇게 답답한 학교를 도대체 어떻게 다녔던 걸까. 더 좋은 세상을 몰라서 학교를 견뎠구나 싶다. 학교 선생님들이 별별 개인적인 업무를 너무 많이 시켜서 정신이 없기도 했다. 자기 딸한테 필요한 일을 개인적으로 부탁하는 선생님도 있었다. 나쁜 선생님들은 여전히 나빴다. 게으르고 실력 없고.

  그렇게 옛 학교에서 지금의 학교를 잊고 지냈다.

8

비
온
뒤
맑
음

오늘은 실습이 끝나는 날이다. 아침부터 촉촉하게 비가
왔다. 미나짱과 서울에서 산 여름 바지 정장을 입고 학교에
갔다. 머리는 길어서 어깨를 덮었고 마지막 날이라 안 하던
눈화장도 정성들여 했다. 우리 반 아이들에게 선물도 편지
도 많이 받았고 우리 반이 아닌데도 교생실로 찾아오는 학
생들이 너무 많아서 하루 종일 정신이 없었다. 나는 중학교
때 선생님에게 관심이 별로 없었다. 짧은 인연인 교생에게
이렇게 정을 주고 감정을 표현하는 학생들이 신기했다. 어
떻게 이렇게 금방 사람에게 정이 드는 걸까. 울기까지 하고.

누군가를 무척 좋아하고 싶은 나이라서 그런 걸까?

마침 오늘은 동아리 선배 결혼식이 있다. 나는 잘 모르는 사람이지만 선배의 신랑도 동아리 출신이고 대전 사람이다. 대전에는 동아리 연합 수련회 때 만나서 친해진 남자 후배가 있다. 얘가 오늘 온다면서 꼭 만나자고 연락을 했다. 너무 피곤하고 비도 오고 짐도 있어서 집에 가고 싶은 마음이 간절했지만 그 후배를 볼 생각에 서둘러 움직였다. 이미 너무 늦어서 결혼식은 못 보고 피로연 장소로 바로 갔다. 대전 후배를 다급히 찾았는데 출발 직전에 갑자기 일이 생겨서 못 왔단다. 허탈.

"아, 피곤한데 괜히 왔어."
"저랑 놀면 되죠."

고개를 돌려보니 내 옆에 그 애가 앉아 있다.

맑음이. 얘랑 제대로 말을 해본 건 이번이 처음이다. 새 학기 첫날 아침 동방에서 본, 잘 생겼던 애. 눈이 크고 길었던 애. 맑음이는 H와 같이 영우네 스터디 소속이다. 1학기 내내 동아리에서는 못 봤는데 오늘은 웬일로 여기에?

사실은 학기 첫날 나는 맑음이와 다시 마주쳤었다. H와 밥을 먹은 후 몇몇 후배들과 자연대로 동아리 홍보를 갔었는데 신입생들이 강의가 시작되길 기다리고 있었다. 동아리 홍보를 듣고 있을 의무는 없으니까 상당히 어수선할 거란 생각과 좀 쑥스럽다는 생각을 하면서 강의실에 들어섰다. 거기 맑음이가 있었다. 서로 생각지도 못하고 있다가 눈이 마주쳤는데 맑음이는 강의실로 들어서는 나를 알아보고 고등학생이 교생 선생님 반가워하듯 쳐다보며 자리에 반듯이 앉았다. (동방에서 인사도 안 했는데 어떻게 알아봤지?)

'맑음이 효과'였을까? 대부분이 남학생이었던 그 강의실의 신입생들은 내 얘기를 무슨 교양 특강 듣듯이 열심히 들어 줬고 홍보가 끝나고 맑음이가 쭈뼛쭈뼛 일어나며 박수를 치려다가 친구들한테 저지당했다. 그게 웃겨서 가끔 떠올리며 웃기도 했다.

그리고 약간 어둑했던 어느 저녁에 학교 광장을 지나다가 스친 적이 있었다. 어깨를 스치며 휙 지나갔는데 돌아보니 얘였다. 밝은 색 청바지에 흰 색 나이키 맨투맨을 입고 있었다. 그때 맑음이는 날 못 봤다. 광장에서 낮에 한 번 더 마주쳤을 때는 나를 아는지 인사를 했다. 동아리는 안 오냐고 했더니 "거기 가면 누나 있어요?"라고 말했다. 그날은 남색 니트와 면바지.

결혼식장에서 맑음이가 옆에 앉아서 말을 걸었을 때 이 장면들이 스쳐 지나갔다. 장난뿐인 몇 마디를 주고받으면서도 의아했다. 왜 그때 무슨 옷을 입었는지까지 하나하나 기억이 날까? 그리고 광장에서 누구랑 마주친다고 내가 알아챈 적이 있기는 한가?

결혼식 단체 사진 촬영 후 몇 명이 뒷정리를 했는데 맑음이가 동기에게 결혼식 행진곡을 쳐달라면서 자기랑 같이 행진하자고 했다. 이럴 때 연습을 해 둬야 한다면서. 엉뚱하지만 귀여웠다. 정리가 끝나고 다 같이 집으로 향했다. 어느새 비가 그쳤고 하늘도 맑다. 처음엔 다 같이 우르르 몰려서 걷다가 한두 명씩 각자의 행선지로 흩어졌다. 식장 근처의 시외버스 터미널에서 또 한 무리가 각자의 고향으로 가는 버스를 타고 가버리니까 누가 짜기라도 한 것처럼 나와 맑음이 둘만 남았다. 맑음이는 슈룹에 산다. 슈룹은 우리 집이랑 걸어서 20분 정도로 가깝다. 같이 걸어갈까 택시를 탈까 잠깐 고민하는데 맑음이가 말을 걸었다.

"우리 영화 보러 갈래요?"
"영화? 그 옷 입고?"

맑음이는 상당히 후줄근한 운동복 차림이다. 나는 교생용 정장. 아침에 농구하고 자기는 집에 가려고 했는데 형들이 밥 먹으러 가자고 해서 끌려 왔단다.

"안 왔으면 큰일 날 뻔했어요."
"왜?"
"누나 못 만났을 거 아니에요."
"영광인 줄 알아라."
"네? 누나 말을 왜 이렇게 웃기게 해요. ㅎㅎ 알았어요. 영광이니까 같이 영화 봐요."

우린 마침 한창 흥행 중인 공포 영화 포스터 바로 옆에 서 있다.

"이거 봐요. 이거 되게 무섭대요. 춘천에 있는 학교에서 찍은 거 알아요? 영화는 공포 영화지."
"나 공포 영화 못 봐."
"누나 겁 많아요? 그럼 딴 거 봐요."
"다른 영화 다 봤어."
"오늘 실습 끝났다면서 무슨 영화를 다 봐요?"
"동아리 수련회 오면 같이 영화 볼게."

친하지도 않은데 선뜻 영화 보기 좀 부담된다. 아니다. 사실은 영화 보러 가면 재밌을 것 같다. 왜 갑자기 이렇게 같이 놀고 싶지? 같이 가고 싶은 마음과 동시에 이상한 죄책감이 느껴진다. 가면 안 될 것 같다. 그래서 못 지킬 것 같은 조건을 걸었다. 여름 방학마다 동아리 연합 수련회가 있는데 어차피 애는 동아리 활동을 안 했으니 안 올 게 확실하다.

    결국 서로의 집 중간 지점까지 택시를 타고 간 후 각자의
집으로 걸어가기로 했다. 맑음이는 계속 질문이 많았고 대
답을 할수록 자꾸만 얘기에 빠져든다. 택시 안에서 뭔가 공
기가 달라지는 느낌이 들었다. 얘기가 점점 재밌어지는데
야속한 택시는 금방 중간 지점에 도착했다.

    "잘 가. 방학 잘 보내고."
    "누나 집 어디예요? 내가 데려다 줄게요."
    "그럴 거면 왜 여기서 내렸어? 우리 집 앞에서 내리지."
    "그러면 바로 헤어져야 되잖아요."

    "근데 누나, 여동생 있어요?"
    "남동생만 둘인데."
    "누나 내 이상형인데 여동생 있었으면 내가 쫓아다녔을
텐데."
    "안타깝네."
    "저 형 있는데 누나랑 동갑이에요."
    "그러니."
    "우리 형 소개시켜 줄까요? 우리 형 몸 되게 좋은데."

"뭐? ㅋㅋㅋ 좋겠네."

문득 H가 자기 몸 좋다고 한 게 생각나서 웃음이 터졌다.

"관심 없어요?"
"어."
"누나 이제 학교 안 와요?"
"난 실습 끝나서 안 가."
"누나 눈이 되게 크네요."
"응. 너도 크네."
"누나는 눈이 크기만 한 게 아니고 신기해요."
"눈이 눈이지 뭐가 신기해?"
"진짜 많이 반짝거려요. 신기해. 눈 큰 사람들이 착하대
요."
"그거 눈 크고 못된 사람이 만든 말 아니야?"

그 결혼식 이후 며칠이 지났다. 기말고사 기간이던 어느
늦은 밤에 음성 메시지가 하나 왔다. 모르는 번호였다.

'누나. 뭐해요? 나 맑음이에요. 도서관에서 공부하다가 집에 가는 길인데 누나 생각나서 연락했어요. 잘 지내요? 뭐 하는지 궁금해요. 누나 내 연락처 몰라요? 나한테 연락 좀 해요.'

맑음이 목소리를 듣고 몇 초간 좀 멍했다. 맑음이 목소리에서 집에 가는 길의 바람이 느껴지는 것 같았다. 공부하다가 집에 가는데 내 생각을 왜 하지? 그 주에 교회에 가서 친한 쭌 오빠한테 물어 봤다.

"오빠. 안 친한데 밤에 집에 가다 생각나서 연락 왜 할까?"
"당연히 좋아하는 거지."
"그냥 해 볼 수도 있지 않나?"
"아니. 절대."

이후 종종 맑음이 생각이 났다. 그건 좀 독특한 느낌이었다. 왜 그냥 내 생각이 났을까? 그걸 왜 얘기하지? 친하지도 않은데, 이게 왜 신경 쓰이지?

수련회 당일. 동아리 사람들이 집결지에 모여 출발 준비를 하고 나도 임원이라 정신이 없는데 저쪽이 갑자기 시끄럽다. 맑음이다. 안 온다더니 웬일이냐고 영우가 놀란다. 맑음이는 오자마자 두리번대더니 나와 눈이 마주치니까 웃는다. 짐을 싣고 출발 준비를 하느라 어수선한 가운데 맑음이가 곁에 와서 소근거린다.

"누나. 수련회 끝나면 영화보는 거예요."

뭐야. 정말 나 때문에 왔나? 설마. 아닐 거야.

일주일 동안 연합 동아리 행사가 이어졌다. 스치듯 보면 맑음이는 잘 적응하는 것 같았다. 같은 공간에 있다는 것이 신기했다. 여기 어딘가에 있다고 생각하면 즐거웠다. 말은 거의 못 나눴다. 그렇게 잠도 잘 못자는 일정을 소화하며 뛰어다니다가 하루는 계단에서 단 둘이 마주쳤다.

9
다른, 둘이

수련회 중 아침, 제대로 말리지도 못한 긴 머리를 흩날리며 노란색 폴로 티셔츠를 입고 서둘러 계단을 내려가다가 멈칫했다. 머리카락 끝에서 손등으로 물방울이 떨어졌다. 민낯이라는 약간의 창피함이 묻은 반가움. 층계참에서 맑음이가 날 올려다 본다. 계단에도 층계참에도 우리 말고는 아무도 없다. 층계참 벽의 높은 창문에서 햇살이 쏟아진다. 맑음이는 내 눈에서 무언가를 찾는 듯한 눈빛으로 말을 걸었다.

"누나. 방학 때 춘천에 있을 거예요?"

"응."

"나 여행 다녀올 거예요."

"어디?"

"과 친구들이랑 자전거로 전국일주요."

"왜?"

"왜냐구요? (어이없어하며 웃는다.) 그냥 시간이 남아돌아서요."

"힘들겠다."

"수련회 끝나고 영화 보기로 한 거 잊지 마요."

"응."

"누나는 밝은 데서 보니까 눈이 진짜 밝은 갈색이구나."

매일매일 수련회 일정에 정신이 없으면서도 생각의 틈새마다 맑음이가 스며들었다. 어느 장소에 있든 조금만 둘러보면 나를 보고 있는 맑음이와 눈이 마주쳤다. 어느 날 점심 휴식 시간에는 혼자 앉아 있는 내 곁에 와서 한참을 얘기를 나누다 갔다. 우즈벡에 오래 있을 거냐고 혼자 가냐고 무섭지 않냐고 수련회 오길 잘 했다고 오라고 해 줘서 고맙다고 나랑 얘기하려고 계속 눈치를 봤는데 내가 너무 바빠 보여서 이제야 왔다고. 맑음이가 내 눈을 볼 때마다 난 왠지 집중이 안 돼서 계속 짧은 대답만 했다. 그렇게 1주일의 수련회가 지나고 춘천에서 맑음이와 따로 만났다.

맑음이를 수련회에 끌어들인 대가(?)로 만나는 거니까 마음이 불편하지는 않았다. 아니다. 방학이고 학교도 아니고 밖에서 둘이 만나는 건 꽤 비밀스럽다. 수련회 내내 어수선한 모습만 보여주다가 멀쩡한 모습으로 만나니 기분이 묘했고 설렜다. 처음 같이 걸었을 땐 운동복과 정장이라 정말 웃겼는데 오늘은 약속이나 한 듯, 둘 다 줄무늬 티셔츠에 청바지를 입고 나왔다. 맑음이는 이전에 내가 누구에게서도 한 번도 못 느껴본 눈빛을 하고 나에게 다가왔다. 호기심을 감추지 않는 즐거움이 넘치는 눈빛.

맑음이는 수련회 때 계단에서 만났을 때처럼 신기한 걸 보듯 내 눈을 들여다보면서 말을 한다. 영화를 보고 나왔을 때는 누나 머리 많이 길었네요. 머리숱이 정말 많네요. 머리카락 만져 봐도 돼요? 가방 왜 이렇게 큰 거 메고 다녀요? 이

옷 잘 어울려요. 맑음이는 나에 대해서는 반응도 빠르고 질문도 많고 관심도 많았지만 나와 상관없는 일에 대해서는 너무 느려서 그런 건 내가 챙겨야 했다. 가게 문도 항상 내가 열고 메뉴판이 어디 있는지도 잘 못 찾고 종업원을 부를 때도 맑음이가 부르면 잘 안 오고, 그런 순간이면 되게 아무렇지 않은 척하는데 그게 웃겨서 난 하루 종일 웃었다.

"누나 정말 잘 웃네요. 왜 웃는지는 모르겠지만."

원래 나는 한참 대화를 하다가도 바로 대답이 떠오르지 않으면 몇 분이고 며칠이고 골똘히 그 주제에 대해서 생각하다가 불쑥 다시 대화를 이어가는 버릇이 있다. 나 혼자만의 맥락에 빠져 있다고 해야 하나. 앞뒤 없이 '그런데 그거 말이야.' 이렇게 시작을 해서 '또 무슨 얘기 하는 거냐.' '또 시작이냐'라는 말을 많이 들었다. 누가 웃긴 말을 하면 항상 이해부터 하느라 집중하다가 다들 다 웃고 나서 한 템포 늦게 'ㅎ'하고 웃어서 사람들이 힘 빠져 한다. 이날 이런 허술함을 다 들켰다. 맑음이는 하루 종일 '누나 진짜 신기하다. 누나 같은 사람 처음 봐. 4학년 같지가 않아요.'라고 말했다.

"4학년이면 압박감 그런 거 없어요?"

"원래는 압박감 많다고 하는데 난 내년에 우즈벡 갈 거니까. 그것만 준비하고 있어."

"졸업하자마자 가요?"

"응"

"1년 있으면 바로 오는 거예요? 거긴 러시아어 쓴다고 했죠?"

"응 근데 나 아직 러시아어가 어떻게 생겼는지도 몰라. 가서 배우면 되겠지 뭐. 1년만 있다 올 거야."

"그럼 내가 편지 많이 써 줄게요."

"약속했다."

"당연하지. 과자도 많이 보내 줄게요. 과자는 꿀꽈배기."

"어?"

"우리 스터디할 때 꿀꽈배기 하도 많이 먹어서 정들었어요. 누나도 한국 생각하면서 많이 먹어요."

아, 둘이 같은 스터디 그룹이지.

"너 이제 여행 가겠네."

"누나는 방학 때 뭐해요?"

"나는 도서관에서 알바하지."

"계속 알바만 해요?"

"응. 방학 때는 돈도 더 많이 줘."

"누나 돈 필요하면 내 용돈 같이 써요. 나 용돈 쓸 데가 없어."

"일주일에 다 쓸 거 같이 생겼는데"

"누나 내가 얼마나 알뜰한데. 아무 때나 돈 필요하면 말해요."

"그런데 왜 무전여행을 가? 아무튼 여행 잘 다녀와. 개학하면 보겠다."

"누나 방학 때도 연락해요."

영화를 본 주말이 지난 첫 월요일. 도서관에 출근했다. 원래는 5층 장서실에서만 일했는데 방학 때는 업무 분장이 달라져서 난 3층 시청각 자료실에 배정됐다. 시청각실 안쪽의 자료실에 처박혀서 오전 내내 도서 카드 정리를 했다. 이상하게 맑음이 생각이 계속 나고 생각이 안 떠날수록 기분이 안 좋았다. 들고 다니던 일기장을 꺼내서 한 페이지 가득 일기를 썼다.

나는 원래 친한 남자애들도 많고 선배들과도 친해서 남자랑 둘이 만나서 영화 보고 밥 먹고 시간 보내는 거 하나도 특별하거나 대단할 거 없었다. 그런데 이상하다. 수련회 때도 맑음이가 너무 신경 쓰였고 같이 영화 볼 때도 다른 애들이랑 있을 때랑 달랐다. 그냥 내가 다른 사람이 된 것 같다. 맑음이랑 거리를 둬야한다는 생각이 더 강하게 든다. H 때도 그랬다. 그런데 이번엔 그게 너무 화가 난다. 맑음이 집이 춘천이 아니라서 다행이다. 방학 동안은 안 만날 테니까. 그러다 멀어지겠지. 자료실 안쪽 사무실에서 일하다가 점심을 먹으려고 문을 열고 큰 자료실로 들어섰다. 누군가 자료실로 들어오면서 돌아서서 문을 닫고 있었다.

'?'

그 사람이 문을 닫고 돌아서면서 나와 눈이 마주쳤다. 맑음이다. 성큼성큼 다가오는 맑음이를 보고 있는데 너무 예상 밖이라 현실 같지가 않다.

"너 여기서 뭐해?"

"누나 왜 5층에 없어요? 찾아다니다가 직원들한테 물어보고 왔어요."

"너 장서실 선생님들한테 나 어디 있냐고 했어?"(선생님들이 놀리는데…)

"잠깐 시간 돼요?"

우린 시청각실 밖의 넓은 복도에 놓인 긴 의자에 앉았다. 방학이라 사람들도 없고 대리석 바닥은 차갑다. 옆에 앉은 맑음이는 서둘러 뛰어 왔는지 몸에서 열기가 전해져 온다. 관자놀이로 땀이 배어나온다. 닦아주고 싶다. 조금 전까지 답답했던 마음이 다 풀린다. 뭐가 고민이었는지도 잘 기억이 안 난다. 지금 이 순간이 중요하다는 말의 의미가 이런 건가. 그냥 얼굴 보니까 좋다. 심장이 두근댄다.

"와. 누나. 지금 밖에 너무 더워요."

"너 오늘 여행 간다며."

"누나 보고 가려고. 지금 애들 밖에서 기다려요."

"?"

"토요일에 본 영화 생각 안 나요? 볼 수 있을 때 안 보면 오래 못 볼 수도 있대요."

"인사하려고 여기 일부러 온 거야? 애들이 그러라고 해?"

"욕 엄청 먹었죠. 그런데 누나 모자 썼네요. 모자 쓴 거 처음 본다."

맑음이가 내가 쓴 모자의 챙을 만졌다. 내 볼 가까이 맑음이의 팔목과 팔뚝이 느껴졌다. 내 심장 소리가 들리는 것 같다. 잠깐 보자고 여기까지 왔다고? 맑음이는 가방에서 뭔가를 꺼내 내 손에 쥐어주고 일어섰다. 겨우 5분 있었나? 내손에는 맑음이가 주고 간 쿠키 위에 자기 어릴 때 사진이 놓여 있다. 토요일에 내가 보고 귀엽다고 했던 사진이다.

그리고 여행 내내 맑음이에게서 음성 메시지가 오기 시작했다.

'누나 오늘 우리 비박했어요. 아 진짜, 과 친구 있거든요, 준기라고. 걔 때문에. 계속 개고생이야. 누나 밥 잘 챙겨 먹어요.'

'거기 비 와요? 나 오늘 완전 비 많이 맞았어요. 누나는 우산 잘 챙겨요.'

'괜히 왔나봐. 힘들어 죽겠어.'

'나 지금 살 너무 많이 빠졌어요. 얼굴도 까맣게 탔어. 누나도 메시지 좀 보내요.'

'여기 경치 진짜 좋아요. 누나도 오면 좋아할 텐데.'

내가 답을 잘 안 해도 꾸준히 연락이 왔다. 다른 생각을 할 틈이 없을 정도로 자주. 그렇게 며칠을 보내다가 나는 문득 H에게 전화를 했다.

"여보세요?"

"누구세요?"

"뭘 누구야."

"…."

10

운명인가
봐

"잊어버렸네. 잊어버렸어."

"쑤 누나? 참나 어이가 없네. 내가?"

"아니, 뭐 몇 주 못 봤다고 잊어버리…."

"사둔 남 말 하시네. 연락은 지가 안 하면서."

"사돈이거든~"

"내가 누나를 어떻게 잊어."

뭘 이렇게 훅 들어와. 영화 찍냐?

"나 오늘 딱지 끊을 뻔 했어."

"뭐? 너 운전해?"

"아니 나 무단횡단 하다가 경찰 아저씨한테 딱 걸려가지고"

"ㅋㅋㅋㅋㅋㅋ 착하게 좀 살아라."

"와. 나 진짜 길바닥에서 죽을죄를 지었다고 계속 빌었어. 경찰 아저씨가 깎아 줬잖아."

"너 진짜 아무한테나 애걸복걸 좀 하지 마."

"내가 붙임성이 좋으니까 깎아 준거야."

H와의 대화는 역시 맘이 편하다.

"근데 수련회는 잘 다녀왔어?"

"응. 너 왜 안 왔어?"

"맑음이도 왔겠네?"

"응? 어."

원래 1학기 때는 H만 동아리에 열심히 나왔고 맑음이는 농구 모임만 가끔 왔었다. 그랬던 맑음이가 갑자기 수련회에 갔다는 소식도 둘이 같은 스터디라 들었나 보다.

"누나 메일 답장 안 해?"

"메일?"

"아 진짜! 방학 때 메일 보내라며. 정신 못 차리네. 아무튼 난 안 잊어버렸다."

"정말 보냈어? 말을 하지."

"맑음이 방학 때 집에 안 간다며?"

"어? 그래? 안 간대? (왜?) 너는 방학 때 춘천 안 와?"

"내가 방학인데 춘천에 왜 가냐. 누나가 서울 오든가."

"내가 왜?"

"누나 교생 실습 전에 민하 누나네 와서 자고 갔다며."

"넌 되게 관심 없는 척하면서 참 모르는 게 없다. 그건 언제 들었냐?"

"그러니까 인간성 좀 잘 다스려."

"인간성이 나라냐 뭘 다ㅅ…."

"왔으면 연락을 해야지 하여튼 부족해."

H는 항상 뭔가 훅 던지고 바로 다른 말로 화제를 돌리고

가벼운 얘기로 분위기를 바꾼다. 그래서 H랑은 일주일 전에 하다 만 대화도 갑자기 다시 이어가고 중간부터 시작해서 진지하게 논쟁해도 말이 이어진다. 무슨 맥락에서 갑자기 말을 시작해도 어디부터 이어가는지 바로 잘 알아듣는다. 항상 내 말에 반박하거나 딴죽을 걸고 내가 진지하게 그걸 조목조목 반박하면 듣다 말고 시선을 피하며 웃기만 한다. 교내에서 같이 걷다가 싸우고(?) 있으면 H의 친구들이 우르르 몰려가다가 박수를 치고 소리를 지르며 인사를 하고 지나가곤 했다. 재미있는 애다.

메일을 열어봤더니 또 그렇게 썼다.

'널 위해 준비했어.'

생각보다 많은 메일이 차곡차곡 쌓여 있었다. 내용도 별로 없는데 참 꾸준히도 보냈네.

H 말대로 맑음이는 여행이 끝나고 고향으로 돌아가지 않았다. 맑음이가 사는 셰어하우스에는 1학년 때부터 친하

게 지낸 친구가 살아서 원래도 자주 놀러 갔었다. 아르바이트가 끝나고 가끔 가면 항상 맑음이가 있었다. 같이 요리를 하기도 하고 각자 공부하면서 다른 사람을 기다리기도 했다. 맑음이는 내가 방에서 뭐라도 하고 있으면 슬쩍 와서 말을 시켜 놓고 한참 대답을 하고 있는데 슬그머니 볼을 건드리기도 했다. 맑음이는 무슨 캐릭터를 키우는 게임을 한다면서 게임 얘기를 계속 했다. 그 캐릭터 이름이 쑤였다. 그러다 도서관에서 공부를 하면서 내 퇴근을 기다리기 시작했다.

"누나, 나 휴대폰 샀어요. 끝에 1001."
"어? 그럼 이제 삐삐 안 써?"
"아니요. 나 당분간 둘 다 쓸 거예요. 누나 음성 계속 남겨요."

난 내년에 우즈백에 갈 거라서 전화를 사지 않고 있다. 맑음이가 이제 전화를 쓴다니까 왠지 서운하다. 걸면 바로 받는 전화로 내가 연락을 하게 될까?

"그런데 끝자리가 1001이야? 전에는 아니었잖아."

우리 집 전화번호 끝자리가 1001이다. 그래서 내 번호 끝
자리도 1001이다.

"우리 집 전화 번호 끝자리가 1001이에요. 그런데 전에는
다른 기계 받아 쓴 거라 그 번호 못 쓰다가 이번에 이 번호
로 했어요. 처음에 누나네 집 전화번호랑 우리 집이랑 똑같
아서 신기했었어."
"진짜 신기하다."
"운명인가 봐요."
"그러네. 전화끼리 사귀면 잘 살겠네."

맑음이네 아빠도 우리 아빠도 공무원, 우리 둘 다 둘째,
엄마는 독실한 신자.

"우리 엄마 맨날 집에서 찬송가 부르고 성경 필사해요."
"ㅋㅋㅋ 우리 엄마랑 똑같다."
"나한테 맨날 기타 쳐 달래."

"너 기타를 칠 줄 알아?"

"아니. 못 치는데 엄마가 나보고 자꾸 기타 배우래요."

"배워 봐. 나도 노래하는 거 좋아하는데"

"알았어요. 기다려."

공통점이 많으면 많은 핑계가 생긴다. 여름 내내 많은 핑계가 많은 시간을 만들었고 많은 추억을 만들었다.

11

너무 많은 비

방학이 끝날 무렵, 그동안 연락이 없던 H에게서 연락이
왔다.

"연락 없더니 웬일이야. 잘 지냈어?"

"누나."

"목소리가 왜 그래? 무슨 일 있어?"

"누나… 소식 들었어?"

"무슨, 소식?"

"누나 놀라지 마. C형 교통사고 났대."

"교통사고?! 어디서? 병원은?"

"그게."

"왜? 병원 어딘데?"

"…."

　고등학교 때 나는 교지 편집부장과 학생회 임원이었고 개
신교 동아리 회장이었다. 종교 동아리는 연합 동아리 활동
도 많이 했었는데 그때 만나서 친해진 다른 학교 후배의 친
형이 C 오빠였다. 둘이 형제인 것은 대학 입학 후 이 동아리
를 들어온 날 알았다. 동생이 내 얘기를 했다면서 나에게 잘
해줬다. 좀 마르고 안경 쓴 얼굴에 착하고 부드러운 성품.
목소리도 자기 성품 같은 오빠였다. 형제가 둘 다 온화하고
섬세했다. C 오빠는 군대 가면서 우리 학번 동기들 회식하
라고 봉투에 용돈을 넣어서 나에게 주고 갔었다.

　나는 대학교 1학년 때부터 장난처럼 나르치스 같은 사람
이 이상형이라고 말하고 돌아다녔는데 나르치스는 헤르만
헤세의 소설에 나오는 인물이다. 고등학교 때 읽고 상상하
며 좋아한 남성상인데 대충, 똑똑하고 좀 무게감 있으면서

다정한 오빠 같다는 뜻이다. 정말 그 책의 나르치스가 그런 이미지냐면 그렇지도 않지만 그렇게 말하면 연애에 대해서 복잡한 얘기 안 해도 돼서 둘러대기 편했다. 사람들이 〈나르치스와 골트문트〉를 잘 모르기도 하고 국문과니까 별스러운가보다 하고 넘어가기도 하고.

1학년 어느 여름날, 동아리 사람들과 놀러갔다 오는데 C 오빠가 가까이 다가와서 "너가 말하는 그 나르치스 같은 남자라는 게 도대체 무슨 뜻이냐?"라고 물은 적이 있었다. 그 오빠가 나에게 말했던 문장 중 유일하게 정확하게 기억나는 문장이 이 한 문장이다. 기억 속의 다른 장면에서는 C 오빠는 그냥 조용히 웃고 있거나 사람들을 바라보고 있다. 그때 잠깐 '이 오빠도 나르치스 이미지네.'라고 생각했던 것 같다. 그러니까 기억이 나겠지. 그 장면만.

이번 여름에 제대를 했고 2학기 복학을 앞두고 있었고 복학하면 4학년 그룹에서 같이 활동하며 더 친해지려는 참이었다. 남자 선배들 중 유일하게 편안한 사람이었고 개학하면 보자고 연락도 했었다.

C 오빠는 그 사고로 다신 돌아오지 못했다. 비가 너무 많이 와서 홍수 피해가 심한 여름이었다. 봉사활동을 가는 길이었다. 트럭과 승용차가 충돌한 큰 사고였다. 그 오빠가 덜 착했다면, 조금 늦게 출발했다면, 제대했다는 걸 알고 한 번이라도 만났다면… 부질없는 생각들이 빠르게 밀려왔다가 허공에 흩어졌다.

"누나, 괜찮아?"
"… 죽었다고?"

장례식장에서 난 그 후배에게 가까이 다가가지도 못했다. 그날도 야속하게 비가 엄청나게 많이 왔다. 유족들이 몸을 가누지 못했다. 이제까지 내가 지켜본 중 가장 고통스러운 이별이었다. 처음으로 가까운 또래가 세상을 떴다. 전혀 실감이 나지 않았다. 느껴지는 건 충격뿐이었다. 집에 돌아오니 마당에서 키우는 강아지 마루가 자기 집에서 나와 비를 맞으며 나를 반겼다. 비 때문에 눈을 가늘게 뜨고 열심히 꼬리를 흔든다.

'어쩜 저렇게 늘 자기 감정에 충실하고 바라는 것이 한결같을까.'

고등학교 1학년 때부터 기르던 복실이가 대학교 1학년 봄에 병으로 죽고 바로 우리 집에 온 아이가 마루였다. 복실이가 떠나자마자 다른 강아지를 들인 것에 너무 화가 나서 나는 마루가 온 지 3년이 지나도록 별로 정을 주지 않고 있었다. 그런데도 마루는 나를 참 좋아한다. 나는 처음으로 마루를 꼭 안아줬다. 훗날을 기약하거나 이미 지나간 것에 대해서 미련을 갖는 것이 무슨 의미가 있을까. 어느 날 멈추면 사라지는 것이 시간이고 삶인데. 나는 마루를 더 꼭 끌어안았다. 무언가가 툭 끊어지는 느낌이었다.

그리고 새 학기가 시작됐다. 대학 마지막 학기다.

12

불
만

새 학기가 시작됐다. 4학년 2학기에는 수업이 거의 없다. 주로 도서관에서 아르바이트를 하거나 공부를 했다. 같은 과 친구들은 졸업 후 할 일을 확실히 정한 나를 당당해 보인다며 부러워했다. 하지만 당사자인 나는 그저 한 치 앞만 보느라 인생에 대한 진지한 고민이 아직 없는 상태였다. 고등학교 때부터 가고 싶었던 봉사활동인데도 문득 안 가고 싶다는 생각도 든다. 나에 대한 사람들의 평가에는 오해가 많다. 사람들이 나를 잘 알고 대하는 건지 나를 오해하고 대하는 건지 궁금할 때가 있다. C를 보내고 나서 그런 생각을 더 많이 하게 됐다.

　내년 한글학교 봉사는 미나짱이랑 같이 갈 예정이다. 1학년 때 미나짱은 동아리 분위기에 적응을 못 하다가 나와 같은 그룹으로 묶인 후에야 마음을 붙였다. 이 동아리 출신인 둘째 언니의 권유로 들어왔지만 개성이 강한 미나짱이 마음 붙이기엔 우리 동아리 분위기는 좀 고리타분하다. (나도 고지식한 사람인데 난 다른 사람한테는 별 간섭을 안 하는 성격이고 관심도 없고 눈치도 없어서 그럭저럭 잘 지냈다.) 2학기가 되면서 미나짱의 아르바이트가 하나 더 늘었기 때문에 동아리 활동을 열심히 하지 못했는데 종종 미나짱에게 문제가 있다는 듯이 말하는 사람들이 있다.

　'민하는 맨날 놀러 다니는 거 아니냐.'
　'생활이 불규칙적이면 봉사를 어떻게 가냐.'
　'화장을 진하게 한다.'
　'옷차림에 너무 신경쓴다.'

　아니 무슨 동아리에 목숨 걸었나. 그리고 왜 그렇게 남 일에 관심이 많을까? 들을 때마다 짜증이 난다. 미나짱네 집은 서울에 상가 건물이 몇 채 있는 부자였지만 미나짱의 아버지는 절대 용돈을 주지 않는다. 셰어하우스 비용과 용돈, 내년 봉사활동 준비 비용을 마련하려면 밤낮 없이 일해야 했다. 당연히 모든 모임에 참여할 수는 없었지만 스터디는 꼬박꼬박 아주 열심히 했다. 미나짱에 대해 알지도 못하면서 말을 만드는 사람들이 이해가 안 간다. 잘 모른다고 해도 그렇다. 봉사활동이랑 외모가 무슨 상관? 2학기가 되면서 이런 말만 들으면 더 화가 나서 매번 따박따박 따졌고 지도 간사님과 아주 크게 부딪치기도 했다. 전에 없던 내 반응에 간사님도 좀 놀랐다. 무슨 부귀영화를 누리겠다고 그렇게 하나같이 절제하고 뒤로 미루는지 답답하다. 부딪칠 때마다 내가 아니라 미나짱을 위해서라고 생각하면 힘이 났다. 난 미나짱을 응원하면서 나를 응원하는 연습을 하는 것 같다.

동아리에서 봉사활동 수련을 받는 동안에는 연애 금지지만(별걸 다 금지한다.) 미나짱은 서울에 남자 친구가 있고 그건 나만 아는 비밀이다. 나는 미나짱과 굉장히 친한데도 H와 맑음이 얘기만은 절대 하지 않는다. 미나짱은 집도 서울이고 패션 감각이나 성격이 H와 비슷한 점이 많고 다솜과 슈룹은 모임이 많아서 미나짱도 H와 맑음이랑 친하다. 미나짱은 가끔 H와 맑음이 얘기를 한다.

"언니, H 걔가 그래도 눈은 있어가지고 언니 되게 따르더라. 내 생각에 걔는 언니 아니면 여기 안 올 거 같아. 동방도 되게 열심히 오잖아. 솔직히 동아리 활동에 관심도 없을걸? 나랑은 뭐 소하고 닭 같은 관계고."

"언니 근데 맑음이가 진짜 잘생긴 거 같지 않아? 귀티가 있어. 진짜 인기 많을 거야. 좀 허술해서 웃기긴 한데, 잘생겼으니까 뭐."

유독 두 사람 얘기만 나오면 뭐라고 할 말이 없는 나.

"그러니?"

✿✿✿

2학기가 되면서 맑음이는 모든 공강 시간마다 도서관에 온다. 내가 있는지 없는지 확인도 안 하고 그냥 당연하다는 듯이 강의가 끝나면 도서관에 와서 나를 찾거나 기다린다. 나는 수업이 별로 없고 주로 혼자 다니기 때문에 맑음이와 밥을 먹는 날이 점점 많아지고 있다.

"누나 고기 안 먹어요? 그럼 뭘 먹고 살아?"

"고기 안 먹어도 먹을 거 많아. 아니면 내가 빼빼 말랐겠지. 그랬음 좋았을 텐데."

"누나는 지금이 더 예뻐요. 근데 누나 남자친구 안 사귀어요?"

"나처럼 인기 많은 사람은 한 사람에게 정착하기 힘들지."

어이없으면 미간을 모으며 웃는 맑음이.

"내년에 우즈벡 가는데 무슨 남자친구야. 그리고 남자 애들 중에 괜찮은 애가 없다구."

"그건 그래 누나. 진짜 남자는 다 늑대고 다 변태야. 조심해요 누나."

"늑대가 말을 하네."

"누나. 세상에 믿을 사람이 단 한 명 있으면 그게 나예요. 내가 그저께 소개팅을 했거든요? 아니, 어… 아, 준기가 나 꼭 나와야 한다고 억지로 넣었어. 과팅이었어요. 억지로 간 거예요. 근데 그날 소개팅한 여자네 자취방에 갔다 왔거든요?"

애 봐라? 미쳤나봐.

"뭐? 억지로 갔는데 처음 만난 여자애 자취방에 왜 가? 변태네."

"내가 아니고 걔가 뭐 가지러 가야 한다고 데려다 달라고 해서 억지로 간 거예요."

"늑대어냐? 무슨 말인지 못 알아듣겠네? 내가 보기엔 진짜 이상한데?."

"그 얘기가 중요한 게 아니고."

"불순하네."

"누나가 더 불순해. 누나도 우리 집 많이 놀러 왔잖아요."

"얼굴은 왜 빨개져? 그게 어떻게 같아? 나는 전혀 이해가 안 가네?"

"누나가 웃기니까 빨개지는 거지. 근데 누나 화내니까 되게 귀엽네요."

"화를 내는 게 아니고 비난하는 거야. 맹렬하게."

맑음이랑 얘기하다 보면 내가 다른 사람이 된 것 같다. 뭐든지 허용 될 것 같고 굉장히 중요한 사람이 된 기분이다. 맑음이도 이런 생각을 할까?

✻✻✻

2학기부터는 H가 도서관에 잘 안 왔다. 스피킹 수업도 이제 안 들어서 가끔 동방에서만 마주친다. H는 나를 대하는 태도가 조심스러워 졌다. 친절하고 시비도 잘 안 건다. 별말 없이 가만히 옆에 있을 때도 많다. H가 보낸 메일들에 대해서는 서로 모른 척하고 있다. 가끔씩 음성 메시지로 노래가 녹음돼 있곤 했는데 거기에 대해서도 서로 별 말을 안 했다. 맑음이와 가까워지면서 왠지 나는 맑음이에게도 H에게도 연락하기가 미안해서 더더욱 수동적으로만 대하게 됐지만 늘 맑음이를 기다린다.

13

원
래
더
친
해

오늘은 기영이와 약속이 있었다. 기영이가 신입생일 때
는 둘이 자주 만났고 정말 친했는데 오랜만에 따로 만나는
거라서 할 얘기도 많고 기대가 됐다. 폭풍 수다를 위해 식사
후에 카페로 자리를 잡았다.

"언니, 1학년 애들 오라고 해도 되지?"
"어? 1학년? 어… 그래."

원래 둘이 만나서 애기하려고 만난 건데 후배들을 부른다

니까 좀 당황스럽긴 했지만 기영이 때문에 만나는 거니까 그러라고 했다.

"여보세요? 여기 크레바스야. 여기 안쪽으로 들어오면 나랑 쑤 언니 있을 거야."
"누구누구 와?"
"맑음이랑 선우랑 지혁이 온대."

'맑음이랑 되게 친한가 보다. 셰어하우스 모임이 많아서 그런가.'

잠시 후에 맑음이가 도착했다. 맑음이가 가까이 오니까 내 맞은편에 앉은 기영이가 얼른 자기 자리 왼쪽에 자리를 내 줬다. 맑음이는 머뭇거리다가 기영이 옆에 앉았다. 셋이서 다른 애들을 기다리는 동안 기영이가 주로 이야기를 이끌었다. 난 이상하게 말이 잘 안 나왔다. 좀 지나서 선우와 지혁이가 왔다.

"근데 너네는 연애 안 하니?"

기영이가 불쑥 연애 얘기를 꺼냈다. 요즘 부쩍 기영이의 관심사가 연애긴 했다. 하긴 이만한 공통 관심사도 없지.

"맑음이 너 사귀는 사람 없어? 너 과에서도 인기 많다며~"

기영이의 말끝이 더더욱 나긋나긋 늘어진다.

"전 너무 많아서 고민 중입니다."

'기분 탓인가. 말투가 원래 저랬나? 근데 뭐가 너무 많다는 거야? 웃기네?'

잠깐 연애에 대한 수다를 떨다가 다 같이 노래방에 갔다. 나는 할 얘기도 없는데(안 하고 싶은데) 자꾸만 나에게 질문이 쏟아져서(4학년이라고 경험이 많은 게 아니라고!) 대충 둘러대다가 노래방이나 가자고 하고 끌고 나왔다. 나는 1학기 때부터 원래 친했던 선우와 지혁이가 더 편해서 그 애들이 불러달라는 노래를 열심히 불렀다. 기영이는 맑음이와 많이 친한 것 같았다. 유난히 맑음이를 잘 챙겼다. (맑음이가 좀 허술

하긴 하지.) 맑음이는 내가 노래만 하면 아무것도 안 하고 구경만 했다. 노래방 시간이 끝난 후 스티커 사진을 찍으러 갔다. 지혁이가 워낙 나랑 친하다 보니 사진 찍다가 내 볼을 쥐고 흔들었는데(1학년이라서 봐준다.) 맑음이가 그걸 보고 충격을 받는 듯하더니 따라하다가 기영이한테 등짝을 한 대 맞았다. (둘이 정말 친한가 보다.) 짝을 바꿔가며 여러 장 찍었는데 나와 선우가 찍으려는 순간 맑음이가 가운데 끼면서 내 어깨에 손을 얹었다. 맑음이의 상체가 내 등에 살짝 닿았다. 기분이 이상했다.

지혁이가 근처에서 자취를 해서 다 같이 놀러 갔다. 손님을 대접한다면서 지혁이가 라면을 끓이는 동안 맑음이가 내 옆으로 오더니 내 가방을 만지작거렸다. 그걸 보고 기영이가 대뜸 한 소리 했다.

"야. 너 쑤 언니 가방은 왜 만지작거리고 그러냐. 귀찮게 하지 마."
"누나는 가방에 뭐가 이렇게 많이 들었어요? 너무 무거워."

"원래 지적인 여자는 가방이 무겁지."

"내가 들어다 줄까요?"

"됐어. 나 도서관에서 책 나르는 여자야. 힘도 세단다."

오늘 보니 기영이와 맑음이가 원래 친한데 내가 끼어드는 것 같고 자꾸 신경 쓰여서 평소처럼 대하기 힘들었다. 맑음이한테 말도 잘 안 걸었다. 집 방향이 비슷한 선우와 내가 같이 가고 같은 아파트 단지에 사는 기영이와 맑음이가 같이 갔다. 맑음이는 인사하면서 자꾸 나와 눈을 맞췄다. 나는 자꾸만 눈을 피했다. 기영이는 좋겠다. 맑음이와 친하게 편하게 만날 수도 자주 볼 수도 있겠구나. 오늘 기영이랑도 별얘기도 못 나누고 뭔가 붕 뜨고 허전한 기분이 들었다.

14

축제

가을 축제 시즌이다. 낮에 학내 곳곳에서 이런 저런 부스나 구조물이 설치되기 시작했고 시즌에 발맞추어 동아리에서도 몇 가지 이벤트를 하기로 해서 나도 할 일이 많다. 오늘 동방에서 미나쨩과 우즈벡 모임을 끝내고 해가 질 때쯤 건물을 나오는데 바로 건너편 인문대 잔디밭에서 인문대 가요제가 한창이다. 구경하려고 가보니 사람들과 좀 떨어진 가장자리에 공돌이 H가 팔짱을 끼고 서서 구경하고 있다. 우리 동방은 인문대와 공대 사이에 있어서 이렇게 마주치는 일이 크게 신기한 건 아니지만 왠지 신기하고 반갑다. 정말 오랜만이다.

"H야~!"
"쑤 누나. 나 이거 인문대 가요제라고 해서 누나 나오는 줄 알고 보고 있었는데 누나 안 나와? 노래 잘 하는데 왜 안 나와?"

어쩜 이렇게 능청을 타고났을까?

"나 이런데 떨려서 못 나가."
"누나. 가식 떨지 마세요."
"노력해 볼게."

미나짱이랑 나랑 H가 나란히 앉았다. H는 옆에서 미나짱이 듣기에는 작지만 내가 안 듣기에는 큰 목소리로 "뭐야. 쑤 누나가 훨씬 잘 부르네. 박자가 이상하네." 이러면서 계속 중얼거린다. 툴툴거리는 건 여전한데 뭔가 말투가 변한 것 같다. 그날 대상 팀은 '어쩌다 마주친'을 불렀는데 다 같이 검은 옷을 입고 진지한 표정으로 군무를 해서 박수를 많이 받았다. 엄밀히 말하면 박장대소를 받았다. 뭔가 노래보다는 춤이 웃겨서 1등한 느낌. 무대와 조명과 사람들의 박수와 웃음에 기분이 몽글몽글 해졌다. 오랜만에 H와 걸어서 집에 갔다.

바람이 선선해지고 있다.

❀❀❀

다음 날 미나짱을 만났는데 표정이 아주 비장하다.

"언니, 나 단대 가요제 나갈 거야. 그런 줄 알어."
"오! 제발 나가. 너 분명히 1등할 거야!"
"언니도 같이 나갈 거야."
"어?"
"그런 줄 알어. 나 떨려서 혼자 절대 못 나가. 근데 너무 나가고 싶어. 나랑 같이 나갈 수 있는 성량은 언니밖에 없는 거 알지? 그러니까 됐고 시끄럽고 다음 주가 예선이거든? 연습하러 가자."

사실 미나짱과 나는 노래방 죽순이다. 모여서 봉사활동 준비 스터디도 했지만 다양한 핑계를 대며 노래방에 드나들었다. 날씨가 좋아서 비가 와서 기분이 좋아서 기분이 나빠서 그날 입은 옷이 마음에 들어서 등등. 핑계를 만드는 창의력은 우주최강! 술을 못 마시는 우리는 맨정신으로 항상 과장님 단체 회식 3차같이 놀았다. 노래방에 갈 이유는 오조오억 개도 만들 수 있다. 미나짱은 오디션 프로에 나가도 될 정도로 노래를 정말 잘 부른다. 둘이서 코러스를 넣거나 파트를 나눠 가면서 부르면 서너 시간도 단숨에 지나간다.

우리는 당장 노래방에 가서 후보 곡을 고르기 시작했다. 높은 음에 화음이 적절하면서도 안 늘어지고 재밌으면서도 성량이 받쳐줘야 하는 곡으로 골라서 몇 시간이고 불러댔다. 각자의 스트레스를 풀 좋은 핑계를 찾아냈다고나 할까. 이날부터 만나면 가요제 얘기만 하고 있다. 하루도 안 지나서 동아리와 과에 소문이 퍼졌다. 이번엔 동아리의 모든 멤버들과 우리과 친구들 모두가 대리 만족형 흥분을 하기 시작했다. 이제 이건 모두의 일! 그래 너희들도 일상이 지루했겠지. 문득 H에게서 메시지가 왔다.

"왜 안 나가고 참나 했다."

15

다른 방향

오늘은 1박 2일 동아리 전체 MT다. 난 MT 장소로 가는 봉고차 맨 뒷줄에 앉았고 왼쪽 창가에 앉은 H의 옆자리다. 인원이 많아서 다들 바짝 붙어 앉았다. '상대에게 아무렇지 않은 척을 하는 것이 사랑을 얻는 방법이래요.' 어디서 이상 한 소리를 주워듣고는 맑음이가 지난주에 도서관에 찾아와 서 한 말이다. 기영이와 함께 모여 어울린 이후로는 맑음이 랑 별 소통이 없었다. 맑음이는 MT에 안 온단다. 전에는 이 런 거 직접 듣고 알았을 텐데 맑음이 리더인 영우를 통해서 들었다. 그냥 잠깐 친하다 멀어지는 그런 사이였던 걸까. H

도 오늘은 별로 말이 없다.

"너 전화 바꿨어?"

"이제 알았어? 사람이 애정이 없냐."

"오랜만에 봤으니까 그렇지. 구경할래! 내 이름 저장했지?"

"당연하지. 여기 7번. 보여?"

"7번? 내가 왜 7번밖에 안 돼? 잘 키워 놨더니 배은망덕하네."

"7번이 제일 좋은 거야. 알았어. 알았어. 바꿔줄게."

"1번. 1번! 근데 너 뭐라고 저장하는 거냐?"

'애기누나'

"야!"

장난이었는데 정말 1번으로 바꿨다. 7은 H가 좋아하는 번호다. 나에게 삐삐칠 때 항상 자기 번호로 7을 남겼었다. H는 오늘도 좀 친절하다. 가는 중간에 나는 잠깐 잠이 들었다가 깼는데 H의 어깨에 머리를 기대고 있었다. 나 때문에 창에 못 기대고 허리를 꼿꼿이 세우고 앉아 있었다. 일어나서 내가 가요제 예선 오라니까 꽃다발 들고 오겠다고 약속했다. 나에 대한 마음이 다 정리 됐을 거라고 생각했었는데 오늘 나를 대하는 태도를 보니 아닌 것 같다. 그렇다고 딱히 튀는 말도 행동도 없었다. 아닌 척하는 건가? 못 잊는다고 말했던 것이 그런 뜻이었을까? 어쩌면 내가 생각했던 것보다 H는 훨씬 더 어른일지도 모르겠다. H와 정말 오랜만에 편하고 친근한 관계가 된 기분이다.

MT 장소는 속초 어느 바닷가 단독 펜션이다. 펜션 두 채가 이어져 있는 구조다. 점심 때 출발한 팀이 식사 후 학년 모임을 하고 있을 때 후발대가 도착했다. 아르바이트가 끝나고 온다고 했던 미나짱이 왔는지 내다보니 미나짱 옆에 맑음이가 서 있다. 맑음이가 날 본다. 너무 오랜만에 보는 맑음이.

***

밤이 되자 모두 모여 숙소 밖 천막 아래 테이블에 둘러앉았다. 독채가 둘 이어진 사이 넓은 공간에 구슬 전구로 꾸며진 공간이 참 아늑했고 바닷바람이 서늘했다. 선배와 후배가 둘씩 제비뽑기로 짝을 지어서 즉석 발표 시연을 했는데 나는 맑음이와 짝이 됐다. 우린 언제 어색했냐는 듯(사실 나 혼자 어색했지만) 능숙하게 발표를 마쳤다. 발표 후 야식으로 내가 떡볶이를 했다. 신나게 먹다 보니 맨 마지막에 H와 맑음이와 나 이렇게 셋이 남았다가 좀 지난 후 맑음이와 나 둘만 남았다.

"누나 내 슬리퍼 영우 형이 신고 갔어요."

"그럼 그냥 맨발로 가"

"누나가 업어 줘요."

"왜?"

"누나 도서관 여자라서 힘세다면서요."

숙소로 들어가려고 내가 신발을 신는 동안 맑음이가 업히겠다고 장난을 쳐서 좀 애매한 자세가 됐는데 마침 저쪽에서 산책 중이던 H가 야구 모자를 푹 눌러쓰고 우리를 보고 있다. 모자에 가려져서 표정은 안 보인다.

그 다음은 본격적인 게임 시간. 이번에는 H가 한 팀이다. 나는 게임만 하면 승부욕이 넘친다. 절대로 지지 않겠다는 약간의 광기랄까. 그런 나를 좀 창피해 하며 짜증을 내며 노려보며 H는 내가 시키는 대로 다 했다. 맑음이 때문인가. 나는 어느 정도 H를 의식적으로 이용하는 것 같다. 정말로 친했지만 더 친하게 굴었고 더 즐거워했다. 맑음이는 기영이랑 은희와 같은 조였다. 원래 자주 만나는 건지 친한 건지 은희와 기영이와 맑음이는 계속 붙어 있었다. 사람들이 보기에 난 H와 친하고 맑음이는 은희, 기영이와 친하다. 이렇게 다 같이 모여서 보니까 사람들은 맑음이에게 관심이 참 많고 인기쟁이다. 나와 맑음이가 친한 건 비밀처럼 느껴진다. 아닌가. 안 친한가.

게임이 끝나고 맑음이는 조금씩 졸더니 잠이 들었다.

왜 자고 난리야.

맑음이가 잠이 드니까 심심하고 재미가 없는데 잠도 안온다. 맑음이는 나랑 얘기하고 싶지 않나? 왜 자는 거야? 관심이 없으니까 자겠지. 난 작은 조명만 켠 거실에 앉아서 테라스 너머 바다를 바라봤다. 깜깜하고 아무것도 안 보인다. 난 원래 이런 데 오면 잘 안 잔다. 게임에 너무 열중했고 신경도 많이 썼고 집중해서 그런지 슬슬 배가 고팠다. 박스에서 야식거리를 찾고 있는데 누군가 슬그머니 박스 앞에 와앉았다. 고개를 드니 맑음이다. 아, 심장아.

"누나 일요일에 뭐해요? 영화 보러 가자."
"나는 시간 되는데 넌 절대 안 될 거 같은데."
"나 남는 게 시간인데? 시간하고 돈은 쓰라고 있는 거야~"
"너 맨날 바쁘잖아. 오늘도 안 온다고 했었다며."
"에이 누나 오는데 당연히 와야지."

여름에 슈룹에서 놀던 때처럼 같이 야식을 준비하면서 도란도란 얘기하고 있는데 뭔가 서늘한 기분이 들었다. 주변을 둘러보니 거실 창밖의 테라스 데크에서 H가 우릴 보고 있었다. 이번에는 장난치려고 일부러 그랬다는 듯이 눈이 마주치니까 씩 웃는다. 잠시 후 맑음이와 같이 사는 1학년 병선이가 야식을 먹으러 왔고 곧이어 H가 들어 왔다. 같이 먹자고 앉으라고 했는데 자꾸 밖에 나가서 먹자고 한다.

"여기 바다라서 밤에는 밖에 추워."
"아~ 안 춥다니까. 빨리빨리 밖으로 나가자."
"난 추워서 싫어."

추운 건 핑계였다. 맑음이가 옷을 너무 얇게 입어서 내가 나가도 따라 나오지 않을 것 같았다. 때마침 병선이가 짝사랑 얘기를 시작했다.

"너가 좋아하는 애가 있었어?"
"하… 애매하게 됐어요."
"좋아하면 좋아하는 거지. 애매한 건 어떤 게 애매한 거니?"
"걔도 나 좋아하는 줄 알았는데 아닌 거 같아요. 누나는요? 누나를 좋아하는 사람 있어요?"
"원래 기본적으로 다 있는 거 아니겠어?"

"오. 누나~ 멋있다. 그럼 맑음이 너는?"

"난 너무 많아서 고민이지."

맑음이는 꼭 저런다. 결정적일 때 빠져나간다. 이런 얘기를 하는 동안 H는 별 말 없이 일어나서 어느새 자리에 없다. 원래 단체 수다에 잘 안 끼는 애긴 하다. 병선이와 H가 오면서 중단된, 영화 보자는 이야기는 더 이어지지 않았고 아침이 되니 이상하게도 맑음이와 나는 언제 친했냐는 듯 각자 다른 사람들과 같이 있으면서 서로를 잘 쳐다보지도 않았다. 맑음이와 급격하게 친해지면 덜컥 겁이 나서 맑음이를 피하게 된다. 맑음이도 그러는 것 같은 기분은 내 착각일까?

MT가 끝나고 차를 타기 전에 단체 사진을 찍었다. 단체 사진의 제일 앞 줄 오른쪽 끝에 나와 미나짱이 바닥에 앉았다. 남들 다 진지한데 우리만 얼굴을 마주 보고 떠들고 있다. 난 오른쪽에 앉은 미나짱을 보고 있어서 옆얼굴만 나왔다. 사진 맨 뒷줄 왼쪽 끝에 H가 서 있다. 그 옆에 맑음이. 맑음이는 정면을 보고 있다. H는 모자로 얼굴을 반쯤 가렸고 일부러 그런 듯 왼쪽으로 고개를 돌리고 있다. H와 나만 옆모습으로 서로 반대 방향을 보며 사진에 찍혔다. 돌아오는 차에서 맑음이는 은희와 기영이랑 같이 앉았다.

일요일 오후. 나도 맑음이도 서로 아무 연락도 하지 않았다. 긴 주말이었다.

16

그
외
1
인

가요제 예선 당일이다. 쓸데없이 꽃다발 들고 온다던 H는
오늘 아침 갑자기 냉정하게 안 온다고 딱 거절했다. 무슨 변
덕인지. 오든지 말든지! 맑음이는 올까? MT 이후 서로 아무
연락도 없었는데 문득 연락하기 좋은 핑계란 생각이 들어서
내가 언제 피했냐는 듯이 맑음이에게 전화를 했다. (난 맑음이
가 호출하기 전에는 먼저 전화를 하는 일은 없었다.)

"맑음! 나 오늘 미나짱이랑 가요제 예선 나가. 올 거지?"
"나 진짜 보러 가고 싶은데 오늘 우리 과에서도 행사 있어

요. 그런데 그 행사 빠지면 안 돼서."

"(오랜만에 목소리 들으니까 좋다.) 와, 평소엔 그렇~게 친하다느니 어쨌다느니 하더니."

"벌써 친구들한테 잡혀 있어서."

"아 몰라! 난 너 오늘 오는 줄 알고 있을 거다. (음, 못 오겠네. 뭐 목소리 들었으니까 됐어.)"

솔직히 단대 가요제가 무슨 큰 행사도 아니고 내가 속한 인문대 가요제도 아니고 경영대 가요제. 미나짱이 메인 싱어. 난 그냥 '최민하 외 1인'에서 '외 1인'일 뿐. 그것도 예선. 이 핑계로 먼저 연락을 한번 해 봤다는 것이 중요하다.

'만약에 못 오면 미안하겠지. 그럼 미안해서 다시 연락을 할 거야. 잘 됐다. 안 그래도 정말로 오면 창피해서 못 부를 것 같았는데.'

가요제 예선 장소는 좀 작은 계단식 강의실. 벌써 참가자들과 응원하는 사람들이 많이 와 있었다. 맨 앞줄에는 경영대 축제 위원들이 모여 있다. 막상 오니까 긴장감이 돈다.

어라? 진행 팀 중에 고등학교 후배가 있다. 내가 경영대 소속이 아닌 걸 알 텐데. 괜찮다. 이미 가요제 예선 참가만으로 목표 달성이니까. 본선 못 나가면 할 수 없지 뭐.

자리가 점점 채워지고 맨 뒤에 우리 과 친구들과 친구의 남자 친구들까지 와서 한 줄 두 줄 채워 나가기 시작했다. 자기들이 더 신나서 입이 귀에 걸리고 이미 흥분 상태. 그나저나 경영대 애들 노래 너무 못 한다. 인문대 애들만큼이나 못한다. 대한민국에 아직도 이렇게 노래 못하는 사람이 많구나. 무엇보다도 남자 참가자들이 많았는데 하나같이 한이 많고 목을 놓으며 긁으며 소를 몰아대고 누가 죽기라도 했는지 그토록 구구절절 목숨 내 놓고 사랑 때문에 죽어가는 노래 일색인데. 안타깝게도 음정도 넋을 놓았다. 그래도 축제인데 너무 선곡이 우울하네. 축제는 즐거워야지. 순서를 기다리며 점점 밝아지는 우리 응원단. 그나저나 많이도 왔다. 다들 심심했나 보다.

드디어 우리 차례다.

우린 예선인데도 옷을 맞춰서 아주 빨간 상의에 검은 색 바지를 입었다. 전주 부분에서 리듬이 반복되는 부분에 비음이 심하게 들어가는데 준비한 몸짓(?)을 보이며 성대모사에 가깝게 부를 때까지는 모두들 깔깔대며 웃기 바빴다. 괜찮다. 의도대로 흐르고 있어. 일단 웃겨서 분위기를 환기시킨 덕에 그래 좀 웃겨봐라 하는 마음으로 호응해 주던 관객들은 본 곡에 들어가니까 좀 진지해지며 몰입했다. 중간 템포의 고음인 멜로디를 내가 부르고 목소리가 짱짱하고 풍부한 미나짱이 더 높은 화음을 얹었다. 관객들은 환호하며 적극적으로 즐기기 시작했다. 무슨 오디션 뮤직 비디오처럼 분위기가 달아올랐다. 그 와중에 후렴구마다 의도된 몸짓을 계속 섞어가며 불러서 노래하는 당사자인 나도 웃겼다.

중간을 부를 때쯤 맑음이가 들어와서 내 친구들 뒷자리에 앉았다. 한창 소란스러울 때 들어와서 내가 어디 앉았나 찾다가 무대 위의 나를 보고 당황하더니 어이가 없는지 얼이 빠져서 날 멍하니 쳐다보다가 얼굴이 시뻘게지면서 혼자서 웃음을 못 참다가 결국 환호와 박수에 동참했다. 노래가 끝나자마자 맑음이가 서둘러 통로를 가로질러 내 옆으로 왔다. 어딜 가려는 것인지 옷차림이 예사롭지 않다. 뒤에서 지켜보던 과 친구들이 조용히 눈빛을 교환하면서 우리 둘을 지켜본다. 맑음이는 아직도 웃고 있다. 마침 노래도 연상녀와 연하남의 사랑 얘기라서 뭔가 들킨 것 같고 어색하다.

"누나, 이런 사람이었어?"

"통과하려면 어쩔 수 없다고. 근데 너 옷이 왜 이렇게 예뻐? 어디 가?"

"평소에 이 정도 입어 줘야지."

"아닌데? 평소랑 다른데?"

"누나 내일부터 이 옷 입고 다니지 마요."

"왜?"

"사람들이 알아보겠어."

"내가 창피해?"

"응."

"너 그런데 바쁘다며."

"나 지금 안 가면 친구들한테 저녁 사야 돼. 갈게요~"

예선이 다 끝난 후, 맑음이도 다녀갔고 기분좋게 미나짱
이랑 나오는데 진행 팀이던 고등학교 후배가 다급히 따라
나와서 인사를 한다. 올 것이 왔구나.

"혜수 언니! 안녕하세요. 오늘 너무 잘 하셨어요. 근데, 언
니 인문대죠?"

당황하는 미나짱.

"아!!! 죄송해요. 제가 혜수 언니한테 코러스 해달라고 막
졸라서 도와주러 온 건데. 우리 탈락이에요? 못 나가요? 저
혼자선 절대 못 하는데."
"안 그래도 제가 커버해 드리려고 맘 잡고 있었는데 오늘
반응이 너무 좋아서 어차피 뺄 수가 없게 됐어요. ㅋㅋㅋ 다
른 임원들도 상관없다고 했어요. 대신에 혜수 언니 이름은
뺄게요."
"어! 난 그냥 없는 셈 쳐도 돼! 이름 빼버려! 난 그냥 그 외
1인!"

그렇게 본선이 확정됐다.

17
옆에 누구?

"언니. 오늘 자대에서 영화 상영한대. 보고 가자."

"그럴까?"

"아 참! 아까 시작하기 전에 동아리에서 응원 많이 왔냐고 H가 연락 했었어. 걔네 동기 아무도 안 왔다고 내가 구박 좀 했지."

'H는 맑음이 온 건 모르겠네.'

'타이타닉' 맑음이가 자기네 단대에서 영화 상영 한다면서 같이 보자고 했던 영화다. 그나저나 맑음이는 어디로 간 걸까? 오늘 있었다는 그 약속 아니면 이 영화 같이 볼 수도 있었을까? 누구를 만나는 걸까?

낮에는 맑았는데 예보대로 비가 오기 시작했다. 예선 끝나고 서둘러 걸었지만 이미 영화가 시작한 후여서 커다란 강의실이 깜깜하다. 입구 쪽 가장자리에 앉으려니까 어떤 남학생이 안쪽으로 자리를 안내해 줘서 가운데 쪽에 자리를 잡았다. 영화는 신분이 다른 남녀의 사랑 얘기다. 서로의 마음을 확인하는 장면이 이제 막 전개될 참이다. 그때 내 앞자리 오른쪽에 앉은 남자애가 가만히 머리를 만져서 눈길이 갔다. 어둠 속에서 머리를 만지는 손가락 모양이, 어?

"(소근소근) 미나짱, 이 사람 맑음이 아니야?"
"어디? 오. 맑음아."

맑음이가 돌아봤다. 그때 맑음이 옆, 나와 더 가까운 쪽에 앉아 있던 여자애가 같이 우리를 쳐다봤다. 깜깜해서 얼굴은 안 보인다. 맑음이가 당황하면서 목인사를 했다. 미나짱도 그 여자애를 봤나 보다.

"(소근소근) 이 여자애랑 같이 왔나 봐. 오호."

영화를 보는 내내 신경이 쓰였다. 나는 자꾸만 맑음이를 관찰했다. 쟤네는 뭔데 옷을 저렇게 이쁘게 입었지? 왜 다른 애들은 없고 둘이만 나란히 앉았을까? 데이트하나? 뭐지? 과 행사라며!! 생각이 점점 많아지는데 영화가 상당히 길다. 중간 휴식을 예고하는 자막이 나왔다.

"언니. 나 여기까지만 보고 가야 돼. 우리 셰어하우스 11시 통금이잖아. 요즘엔 좀 지켜 주려고. 기영이가 자꾸 삐쳐서."
"(기영이가 삐쳐?) 알았어. 잘 가."

1부가 끝나기 직전에 미나짱이 갔다. 불이 켜지니까 맑음이가 바로 뒤를 돌아본다.

"민하 누나는요?"
"집에."
"왜?"

"11시까지 들어가야 하잖아."

"안 간 나는 뭐가 돼. (통금 시간 같음) 누나 이거 마셔요."

맑음이가 캔 커피를 건넸다. 옆에 앉아 있던 여자애가 누군가를 찾는 척하면서 뒤돌아 날 슬쩍 쳐다봤다. 곧 2부가 시작됐다. 영화 보는 내내 영화에 집중하면서도 영화가 끝나면 맑음이가 저 여자애를 챙겨줘야 하는 상황인 건지 그럼 뭔가 곤란하거나 어색한 대화를 해야 하는 건지 기다렸다가 인사를 하고 가야 하는 건지 잡다한 생각이 들었다. 이럴 땐 배려성 회피가 최고다. 영화가 끝나자마자 인사도 안 하고 외투와 우산을 들고 입구로 빠르게 걸었다. 맑음이가 이쪽으로 고개를 돌리는 것이 보였다.

밖에는 여전히 비가 오고 있었다. 허전함이 훅 밀려온다. 맑음이 앞에선 왜 이렇게 자신이 없을까. 아까는 맑음이가 와서 그렇게 좋았는데… 왜 이렇게 기분이 극단을 오갈까… 타닥타닥 떨어지는 빗소리를 들으며 건물 현관을 빠져 나왔다. 어찌나 재빨리 나왔는지 나 혼자 뿐이다. 벌써 12시가 넘었다. 괜히 늑장을 부리다가 더 실망할 것 같아서 서둘러 몇 걸음을 걷는데 누군가 뒤에서 "누나!"하고 부른다. 설마.
돌아보니 맑음이가 외투를 손에 들고 우산 없이 뛰어와 내
우산 속으로 들어 왔다. 옷 입을 새도 없이 달렸는지 숨을
고르며 외투를 입는다.

"아. 누나. 헉헉, 왜 이렇게 빨리 나와."

"너 지금 나와도 돼?"

"누나가 나왔는데 당연히 지금 나와야지. 빨리 가자."

"너 학과에 일 있다며(왜 여자애랑 둘이 있냐.)"

"저 영화가 우리 과에서 상영하는 거예요. 자리 채워야 한
다고 해서 끌려 왔어."

"이 영화 나랑 보자며."

"여기 와서 같이 보자는 거였어요. 그런데 누나 가요제 예
선 본다고 해서."

"일행(그 여자애) 같이 가야 하는 거 아니야?"

"지금 일행 따라 나왔잖아요?"

우리는 함께 우리 집 가는 길로 접어든다.

"너 집에 안 가? 원래 11시까지잖아."

"지금 비도 오고 12시 넘었는데 누나 혼자 보내? 통금이 뭐가 그렇게 중요해. 늦으면 늦는 거지."

　

나와 맑음이는 기분이 좋아서 집에 가는 내내 할 얘기가 많다. 흐르는 시간이 아깝고 짧아지는 길도 아깝다.

　

"나 요즘에 문자 너무 많이 와서 진짜 귀찮아 죽겠어요."

"(무슨 뜻이지? 나보고 연락하지 말라는 건가?) 아, 그래?"

"이거 하루 가지고 있어 봐요. 진짜 정신없어."

"알았어. 그럼 나는 연락 안 할게."

"어? 아니 아니! 그게 아니고 나 매일 누나 연락만 기다리는데 문자가 자꾸 오니까 짜증난다고요. 누나 연락은 빼고 다른 거 귀찮다고."

"근데 왜 씹어?"

"내가요?"

"응"

"아아. 아니 그건 내가 전화번호도 바꾸고 중간에, 그리고 누나가 보낸 건 다 공지사항 문자고 개인적으로는 하나도 안 보내고."

"공지사항이어도 다 개인적으로 보내는 거지!"

그럼 나한테 뭔가 서운했었던 건가?

"누나 그 형 연락 아직도 와요?"

"누구? 아~ 어! 오늘 아침에도 연락 왔었어."

"군대 있다며."

"어. 근데 의경이라서 연락하기 쉬운 건가. 연락은 자주
와. 나보고 편지 쓰래."

"그 형 몇 살이라고 했지?"

"너보다 한 살 많아. 근데 진짜 이상해. 나한테 고백하자
마자 바로 교회에 소문내고, 내가 싫다니까 다음 날 다른 여
자애 사귀었거든 근데 군대 가서는 나한테 연락하고 요즘엔
걔 누나까지 나한테 연락한다? 휴가 나온다면서 좀 만나 주
라고. 그 집 식구들이 다 이상해."

"누나는 싫어요?"

"그런 걸 떠나서 진지하지가 않다니까."

"싫지는 않다는 거네?"

"좋지는 않은 거지."

2학기 들어서 맑음이랑은 점점 친해져서 가끔 남들과 안하던 얘기도 많이 했었다. 난 맑음이와 친해지는 것이 왠지 신경 쓰이고 부담주기 싫고 편하면서도 친한 관계가 되고 싶어서 선을 긋듯이 남자 얘기도 가끔 했었다. 맑음이는 그 모든 걸 기억하고 있었나 보다. 우산을 두드리는 빗방울처럼 맑음이의 질문들이 내 마음을 두드린다.

집에 도착했다.

"너 혼자 가려면 무섭겠다."
"누나! 남자는 밤길이지~. 잘 자요."

비가 계속 타닥타닥 소리를 내며 내렸고 맑음이는 내 우산을 쓰고 집에 갔다.

1시 반쯤에 삐삐가 울렸다. 비밀 번호를 누르는 시간이 길게 느껴진다.

'나 이제 도착했어요. 잘 자요. 나, 누나 음성 맨날 기다려
요.'

18
삼각관계

　다음 날 몽실몽실한 기분으로 눈을 떴다. 오늘은 제훈이와 약속이 있다. 나보다 한 살 어린 제훈이는 어릴 때부터 알고 지낸 동네 친구다. 대학 입학 후 음악 밴드 활동을 같이 하면서 급격히 친해졌다. 가끔 만나서 새벽까지 얘기하다 헤어지는 일도 많았고 서로 못 하는 얘기가 없었다. 이날 무슨 할 얘기가 있다면서 만나자고 해서 후문 앞 카페에서 만났는데 계속 딴 얘기만 하고 얘기를 자꾸만 빙빙 돌린다.

　"누나. 진짜 각오하고 들어."

"어. 빨리 말하기나 해."

"하….."

"야. 말하라고!"

"나 진아 좋아해."

"???!!! 뭐?"

"고백해도 될까?"

진아는 제훈이의 절친의 여친이었다. 둘이 정말 좋아했는데 제훈이 절친의 부모님이 반대하셔서 헤어졌다. 좀 웃기지만 여자애 집안이 어쩌고 하면서 정말 진지했었다. 처음에는 솔직히 좀 웃겼다. 막장 드라마 보는 느낌이랄까. 대학생 이성교제에 부모님의 반대라니. 그런데 그 친구는 부모님이 반대한다고 진짜로 헤어졌다. (몰래 사귈 수는 없었을까?) 둘이 정말 좋아하는데 헤어진 거라서 둘 다 많이 힘들어 했고 진아를 제훈이가 많이 위로해 줬다. 원래 셋이 특히 친했었다. 이런 경우에 제훈이는 진아와 사귀면 안 되는 건가?

"뭐 어때? 좋아할 수도 있지. 괜찮아. 말도 못하냐? 너 말 안하고 그냥 묻어 둬도 괜찮겠어?"

20대 초반의 연애가 이렇게 힘들 일인가? 남 눈치를 이렇게까지 볼 일인가? 제훈이는 결과가 어떻든 진아에게 고백해 보겠다고 했다. 우리는 진아에게 어떻게 말하면 좋을지를 진지하게 고민하며 다시 학교 쪽으로 걷기 시작했다. 제훈이에 대한 생각인지 나에 대한 생각인지 모를 상념에 빠져든다. 문득 맑음이가 보고 싶다. 어제 맑음이는 왜 그렇게 다급하게 날 따라왔을까? 지금 무슨 생각을 하고 있을까? 학교 바로 앞 건널목을 반쯤 건넜을 때 문득 정신을 차려보니 건널목 저편에서 친구들에 둘러싸인 그 애가 날 보고 있다. 아니 제훈이를 뚫어져라 보고 있다. 저 애랑 나는 왜 이렇게 자주 마주치는 걸까?

　"맑음아. 어디 가? 이거 뭐야? 뭐 샀어?"
　"어. 이거 폰 액정 스티커요. 근데 누나 어디 가요?"
　"여기 뭐 사러 갔다가 동방 가려고. 너 이따 동방 와?"
　"모르겠어요. 친구들이랑 시내 나가기로 해서."
　"안 돼. 이따 저녁에 꼭 와."

　맑음이는 나랑 얘기하면서도 계속 내 옆에 서 있는 제훈이를 살핀다. 맑음이 친구들은 나만 쳐다본다. 맑음이는 궁금해 죽겠다는 표정인데 나는 모른 척 내 할 말만 하고 아무렇지 않은 얼굴로 인사하고 헤어졌다. 신경 쓰이는 건가? 학생회관 2층에서 제훈이와 서점에 들렀는데 H에게서 호출이 와서 전화를 했다.

"아 진짜, 누나! 계속 찾았잖아! 어딜 그렇게 돌아다녀? 일 안 해?"

"찾긴 뭘 찾아. 지금 처음 연락했으면서. 그런데 나를 왜 찾아다녀?"

"오늘 본선이잖아."

"엥? 오늘 본선 아니야."

"왜 오늘이 본선이 아니야? 나 하루 종일 아무것도 못 하고 계속 준비했는데?"

"아니 오라는 예선은 안 오고…."

"나 오늘 원래 약속 있었는데 그거 다 조정하느라고 얼마나 힘들었는데! 정장 입었는데 진짜 허무하게. 아 누나는 진짜 왜 그래?"

"나? 내가 뭘 왜 그래???!!! 무슨 누가 본선이라고 하지도 않았는데 그리고 너가 정장을 왜 입나?"

어이가 없어서 웃음이 터진다. 갑자기 무슨 정장?

"뭐가 웃겨. 나 이거 준비한 거 다 어떡하라고!"
"나와서 나 밥이나 사 주든가."
"콜!"

말도 안 되는 소리만 하다가 밥 사라니까 바로 좋단다. 제
훈이에게 인사하고 다시 밖으로 나왔다. 그런데 서점 앞에
서 H가 나를 기다리고 있다.

'얘가 언제부터 여기 있었지? 학사라더니 어디서 전화를
한 거고 어떻게 알고 여기까지 와서 연락을 했지? 날 보고
전화했나? 얘는 진짜 뭐가 진실이고 뭐가 장난인지….'오늘
은 말투도 1학기 때의 H에 더 가깝다.

"자!"

언젠가 내가 좋아한다고 말했던 보라색 꽃이다.

"나 주려고 샀어?"

"장난해? 이거 들고 도서관 5층까지 갔다 왔다고."

"이거 들고 도서관 장서실 갔었다고? 너 또 선생님들한테… 하아. 됐다. 밥 먹자."

MT 때 내가 못 챙겨 주기도 했고 방학 이후에 나에게 마음 써준 것들 다 미안한 마음이 들어서 오늘은 밥 먹으러 밖으로 나가자고 했더니 기분이 좋아 보인다. 바로 앞이 후문이니까 건물 밖으로 나가기만 하면 된다. 정말 오랜만에 둘이 노는 거라서 둘 다 기분이 좋다.

"그럼 오늘은 동방 안 갈 거지?"

"알았다고~"

H와 툭탁거리며 교문 쪽으로 나가려는데 저쪽 건너편에 있는 화단 근처에 앉아 있던 남자들 중 한 명이 이쪽으로 고개를 돌리고 계속 날 쳐다봤다. 누구지? 어? 또 맑음이다!

맑음이인 걸 알고는 반가워서 나는 지체 없이 "맑음아!" 하고 손을 흔들었다. 그런데 맑음이 표정이 안 좋다. 무표정하게 시선도 안 피하고 별 반응이 없이 쳐다만 본다. 가까이 갈 때까지 민망할 정도로 아무 말 없이 보기만 한다.

"맑음아. 시내 간다며? 여기서 뭐해? 근데 무슨 일 있어? 표정이 왜 그래?"

가까이 다가가 셋이 인사를 하는데 H도 표정이 비슷해졌다. 맑음이와 함께 집에 간 어제는 비가 왔었고 오늘은 그야말로 청명한 가을 날씨. 쨍하게 해가 비치는데 두 남자는 누구 하나 걸리기만 해보라는 표정을 하고 기분이 안 좋다. 일단 우린 광장 모서리 높은 화단에 나란히 걸터앉았다. H는 내 왼쪽, 맑음이는 내 오른쪽.

"누나. 아까 그 사람 누구예요?"
"아까? 아~ 친한 후배야."
"누나 좋아했다는 어제 연락 온 그 형이요?"
"누구?"

아! 그래서? 오! 그래서 얘가 기분이 안 좋은 거야? 제훈이랑 있는 걸 보고 어제 얘기한 그 후배인 줄 알았나 보다. 제훈이랑 나는 워낙 친해서 언뜻 보면 남자친구로 오해할 만도 하다. '말로는 분명히 관심 없다고 했으면서 저렇게 친할 수가 있나.' 뭐 이런 생각을 한 건가? 질투 나서 따라왔나? 여기서 기다린 건가? 기분이 들뜬다.

"아~ 아니야. 그냥 동네 친구야."
"근데 둘이 어디 가?"

"(H가 날 쳐다보며) 야!! 너는 밥 먹으러 가자고 했다가 갑자기 싫다고 했다가."
"??? 내가 언제!! 지금 갈 건데?"
"진짜 너는, 진짜 문제다."
"?"

H 표정이 정말 안 좋다.

"맑음이 너도 같이 가자."

"됐어요. 둘이 데이트하는데 내가 왜 끼어."

그런 거 아닌데… 셋이서 잠깐 얘기를 나누는 동안 H의 말투가 자꾸만 거칠어졌다. 맑음이한텐 친절한데 나한텐 '야'까지 섞어가면서 말을 막 했다. 이 와중에 H에게 장단 맞춰 주는 맑음이. 둘은, 아주 친한 건 아니지만 동기로서 잘 지낸다. 지금 H가 왠지 절박해 보인다. 그걸 눈치 채고 있는 나는 왠지 부끄럽다.

청명한 하늘 아래 셋이 나란히 앉아서 애매한 몇 분이 흐르는 동안, 그동안 얄팍한 장난으로 H의 감정을 모른 척했던 나의 태도가 이제 더 이상 받아들여지지 않을 거란 걸 깨달았다. 지금 H에게 나는 배신자 같은 건가? 내가 지금 순진한 척 상처를 주고 있는 건가? 난 원래 감정으로 책임질 일은 절대 안 하는 사람인데 내가 언제 얘한테 이런 사람이 된 거지? 둘 사이에 앉아 있는 내가 부자연스럽고 낯설게 느껴졌다. 모른 척하는 건 기만이다. 나 지금 후배 둘 사이에 앉아서 뭐하는 거지? 난 H와 있으면서도 맑음이가 신경 쓰도록 계속 내버려 뒀고 H가 날 여전히 신경 쓰고 있는데도 아닌 척 모른 척 대해 왔다. 정말 몰랐던 건지 모른 척하고 싶었던 건지도 잘 모르겠다. 그런데 오늘은 H에게 너무 잔인하다. 맑음이에게도 계속 불편하게 만드는 것 같다. 물론 오늘의 만남은 우연이었지만….

   그런데 잘 모르겠다. 정말 이 상황은 우연이고 내 책임이 없나? 오늘 H가 날 찾아다녔고 날 찾아냈고 나와 함께 있으려고 했는데 갑자기 맑음이가 나타난 건가. 그래서 화가 났나. 그것도 내 잘못인가? 맑음이가 제훈이를 오해한 것도 내 잘못인가? 억울한데도 내가 너무 한심하게 느껴지고 죄책감이 든다. C의 죽음 이후 H가 날 배려하는 동안 맑음이와 내가 더 가까워진 걸 H는 오늘에야 안 걸까? 아니 내가 오늘에야 안 건가?

   난 자리에서 일어났다.

   "나 동방 갈게. 둘 다 잘 가."

19
다음에

아무도 날 잡지 않았다. 동방으로 가는 계단으로 올라가
면서 아무도 날 따라오지 않는데도 누가 부르기라도 할까봐
이어폰을 꽂고 소리를 크게 하고 서둘러 걸었다. 동방으로
안 가고 사대 건물 앞 나무 그늘 아래 벤치에 앉았다. 저 멀
리 동방으로 가로질러 갈 수 있는 사대 운동장이 내려다보
인다. 어쩌다 이렇게 된 건지….

'어떡하지.'

나무 그늘이 짙게 드리운 벤치에 앉아서 오늘 제훈이와 한 이야기를 떠올려 봤다. 절친의 헤어진 여자 친구를 좋아하게 된 제훈이. 제훈이와 내가 심각하게 얘기하는 모습을 보고 바로 따라와서 무작정 기다리고 있었던 맑음이. 어디서 나타난 건지 모르겠는 H. 둘 사이는 좋아 보이던데 그래도 H는 기분이 나쁘겠지. 날씨는 왜 이렇게 좋은 거야! 하얀 구름이 몽글몽글하고 가을 햇살에 마음이 설렌다. 날씨가 아깝고 혼자 있기 심심하다. 그래서 나만 보면 맑음이가 심심하다고 하나? 맑은 날씨가 아깝다. H는 정말 기분이 안 좋겠다.

무릎 위에 보라색 꽃이 아직 남은 생기로 버티고 있다.

저 멀리 사대 운동장을 가로질러 걸어가는 사람들을 멍하니 바라보면서 이어폰에서 흘러나오는 노래를 흥얼거렸다. 어, 저기 저 무리 중에 한 사람 맑음이다. 손가락 만하게 작게 보이지만 분명히 맑음이다. 날 쫓아온 건가? 일어나서 부르고 싶지만 참고 가만히 앉아 있기로 했다. 벤치 주변의 우거진 나무에 가려서 보였다 안 보였다 하면서 멀어진다.

그리고 시간이 한참 지났다. 사대 건물에서 수업이 끝났는지 사람들이 우르르 몰려나온다. 나도 자리에서 일어난다.

사대에서 운동장으로 내려가는 계단은 양쪽에 큰 나무가 우거져 있고 높고 길다. 터벅터벅 반쯤 내려왔는데 저쪽에서 맑음이가 다시 운동장을 가로질러 반대편으로 걸어가고 있다. '쟤가 왜 아직도 저기 있지?' 부르거나 손을 흔들어 아는 척을 하면 들릴 거리지만 죄책감에 빠진 나는 그럴 수가 없다. 다시 고개를 숙이고 계단을 내려간다. 이제 계단이 5분의 1 정도 남았다. 고개를 들어 보니 멀리서 맑음이가 날 보고 있다. 내가 자기를 못 본 것인지 못 본 척하는 것인지 피하는 것인지 혼란스러운가 보다. 애매한 방향에서 날 지켜보고 있다. 내가 운동장에 발을 들여놓고 자기를 쳐다보니까 바로 방향을 틀어 곧장 나에게 왔다. 나도 가까이 온 맑음이를 보고 웃었다.

"누나."
"동방 갔었어?"
"응. 누나 동방 간다며."

"동방 안 가려고 거기 간다고 했지."

"누나. 아까 장난쳐서 화 많이 났어요?"

"그건 아니고, H는 갔어?"

"응."

"…"

우린 운동장 끝에 있는 엄청 큰 나무 아래 나란히 앉았다.

"아까 그 형은 누나랑 친해요?"

"응. 어릴 때부터 친했어. 걔가 고민이 있어서 오늘 그 얘기를 하느라고 만났거든. 그 애가 친구의 헤어진 여자 친구를 좋아하게 됐대."

"그 형들은 많이 친해요?"

"응. 그런데 어떻게 될지 모르겠어."

"누나라면 어떻게 할 거예요?"

"감정이 그렇게 마음대로 되는 것도 아니고, 지금만 느낄 수 있는 거잖아? 진심이 상대에게도 진심으로 전달되는 건 표현하느냐 마느냐의 문제인 것 같아. 그래서 내가 그 여자 애를 감동시키는 방법을 많이 알려주고 왔지."

산들바람을 슬쩍슬쩍 맞으며 맑음이와 나는 꽤 진지하다.

"누나. 그거 나도 가르쳐 줘. 누나한테 상담 좀 받아야겠네."

"너는 너무 바람둥이라서."

"아~ 진짜 은희 누나랑 기영이 누나가 그랬지! 나 바람둥이 아니라니까."

"너가 너 입으로 그랬잖아. 남자의 바람기는 무죄라며."

"누나. 난 일편단심이지. 그러니까 내가 일편단심을 잘 지키게 앞으로 상담해 줘요."

"그래라."

"…"

"…"

그렇게 말해 놓고는 이을 말이 없어서 둘이서 한참 웃었다. 맑음이는 과 친구들 만나야 한다고 일어서서 몇 걸음 가더니 다시 돌아온다.

"누나, 그, MT 때 병선이가 물어봤을 때 좋아하는 사람 있다고 대답한 거. 그 군대 있다는 형 아니었어요?"

"뭐?"

"아니에요?"

"내가 걔 얘기한다고 생각했어?"

"누나가 그 형 얘기 많이 하길래."

"그게 신경 쓰였어?"

"누나가 얘기한 건 다 신경 쓰이지."

"안 그래 보이던데."

"있긴 있는 거네요?"

"뭐가?"

"아니에요. 나 갈게요~"

'아니에요'는 내가 많이 하는 말인데 따라하네.

　맑음이는 친구들에게 가고 나는 그냥 집으로 가려고 광장
을 가로지르는데 광장 한가운데 조형물이 있는 계단에 사
람들이 자리를 잡고 앉아 있었다. 야외 영화 상영을 하고 있
어서 나도 자리를 잡았다. 노을이 지고 있었다. 영화는 '첨
밀밀'이다. 마음이 들어왔을 때 바로 붙들지 않으면 저런 긴

이야기가 이어지는 거구나. 장만옥이 설거지를 하고 젖은 손으로 돌아서니까 여명이 수건을 대 줬다. 맑음이도 여름 방학에 나한테 저렇게 해 줬는데. 지난 번에 맑음이도 저렇게 자전거를 태워 줬는데.

낮부터 들고 다닌 보라색 꽃다발이 무릎 위에서 점점 시들어 간다.

밤에 음성 메시지가 왔다.

'누나. 나 바람둥이 아니에요.'

왜 우린 서로를 지켜보면서도 상대의 곁에 있는 누군가의 미소와 손짓에 더 많은 의미를 부여할까. 서로가 서로를 좋아할지도 모른다는 가능성이 왜 우리 마음에는 없을까. 누군가를 좋아하면 자꾸만 내가 먼저 피하면서도 왜 적극적이지 않은 상대방을 원망하게 되는 걸까. 영화를 본 날도 제훈이와 마주친 건널목에서도 H와 함께 앉아 있던 광장에서도 난 계속 등을 보이고 돌아섰는데 어떻게 맑음이는 계속해서 나를 따라올 수 있었을까. 마음이 크지 않아서일까. 나쁜 기억이 없어서일까. 내 마음은 구깃구깃한데 맑음이의 마음은 참 반듯하다. 화도 안 내고 짜증도 없다. 그런데 지루하지도 않다.

　나와 많이 닮은 줄 알았던 맑음이는 정말 나와 다르다. 다음에는 나도 다를 수 있을까.

20

어떤 눈물

여름만큼이나 비가 많이 왔고 더웠던 9월이 지나고 10월이 됐다. 3학년 스터디 그룹은 9월부터 준비한 '후원자의 밤' 행사 때문에 좀 더 자주 모이기 시작했다. 후원자의 밤에는 재외 한글학교 봉사자를 임명하고 그들을 위한 후원금 모집과 활동 보고를 하는데 공식적으로 매우 중요한 정기 행사다. 오늘은 선혜, 미나짱, 기영이와 준비 모임이 있는 날이다.

선혜와 기영이는 불문과인데 그중 1학년 때부터 계속 장

143

학금을 받고 있는 선혜는 좀 조용하게 개성이 강한 애다. 눈치가 빠르지만(나와 정말 다름) 남 눈치를 보지 않고(이것도 나와 다름) 특별히 소외감 같은 걸 느끼지도 않으면서(이것도) 자기 할 일에 집중하는 성격이다. 기영이는 누군가와 친해지면 계속해서 연락하고 끊임없이 비밀 얘기를 주고받는 스타일이고 사람들과 어울리거나 챙겨주는 것을 좋아한다. 친하게 어울리는 사람도 많고 모임도 많다.(어떤 면에서는 나랑 공통점이 많다.) 선혜와 미나짱은 두루 친하면서 무심한 편인데 아르바이트 하느라 둘 다 너무 바빴다. 기영이가 같이 사는 은희와 더 친해진 것은 자연스러운 흐름이었다. 둘 다 아르바이트를 안 했고 동아리도 적극적이라 어울릴 시간이 많았으니까.

"후원자의 밤 준비는 다과와 안내, 기록과 진행, 실내 데코와 팜플렛. 이렇게 나누고 각 팀 담당자를 정하자."

"난 주중에 알바하고 주말에 서울 가니까 혼자서 준비할 수 있는 걸로 할게. 다과는 그날 미리 만나야 하는 거라서 못 해. 선혜는?"

"나는 학과 스터디랑 겹치는 시간에는 못하니까 실내 데

코 맡아서 할게. 기영이가 다섬에 주방 있으니까 다과 맡으면 어때?"

"그냥 너랑 나랑 다과 맡으면 안 돼? 스터디 시간 피하면 되잖아."

"남는 시간에는 아르바이트 해야 돼."

기영이 표정이 살짝 안 좋은 것 같아서 내가 끼어들었다.

"다과 준비는 내가 기영이랑 같이 할게. 미나짱. 전에 물품 구입하고 영수증 정리했어?"

"당연하지. 여기."

"오. 너 이런 거 왜 이렇게 잘 해? 경영대라 그런가?"

"쑤 언니 이거 전공이랑 아무 상관없어. 나 집에서 용돈 받는 거 어릴 때부터 10원 단위까지 다 어디다 썼는지 보고서 쓰면서 컸잖아."

"오. 그거 뭐 후계자 교육 그런 거냐? 조기 교육 잘 받았네."

"조기 학대지! 그거 한 줄씩 읽으면서 얼마나 조롱하는지 아냐? 이걸 왜 먹었냐. 그걸 왜 샀냐. 잔소리 장난 아님. 그

정도면 아동 학댄데 내가 아직도 그러고 살아. 진짜 치사해. 그런 사람이 대학교 학비가 얼마나 아깝겠어. 그거 받아 내려면 진짜 온갖 애교 다 부려야 돼. 내가 간, 쓸게 내놓고 산다."

심각한 얘기 웃기게 하는 재주가 있는 미나짱 얘기에 선혜가 놀란다. 나는 아는 얘기지만 선혜는 처음 듣는 얘기다.

"미나짱네 아버지 그렇게 구두쇠셨어?"
"구두쇠 정도가 아니야. 아빠 혼자만 부자고 나머지 식구는 가난해."
"근데 너 되게 귀티난다. 아니 칭찬이야 칭찬! 사실은 우리 아빠도 나한테 돈 준 적이 한 번도 없어. 우리 아빠 나 어릴 때부터 이유 없이 일 한 번도 안 했거든. 아빠 때문에 우리 집 여자들 엄마랑 언니들이랑 다 생활력 진짜 강해. 나 장학금 조금씩이라도 안 받으면 언니들한테 너무 미안해서 공부 정말 열심히 해야 돼."

선혜가 이런 얘기를 한 건 처음이다.

"우리 아빠는 너무 폭력적이야. 너무 자주 화를 내고 화내는 이유가 기준이 없어. 조금이라도 트집 잡히면 집이 다 뒤집혀. 난 중학교 때부터 집에 있는 게 싫었어. 그래서 내가 성격 센 남자 싫어하잖아."

나는 동아리 사람들에게 한 번도 안 했던 아빠 얘기를 꺼냈다. 같이 일을 하다 보니 시간에 대해 얘기하게 되고 그걸 설명하다 보니 우리의 성격과 자유와 감정에는 가족 문제가 너무 많이 얽혀 있다는 생각이 들었다. 선혜가 무던하고 독립적인 것, 미나짱이 웃음이 많은 것, 내가 강박적인 규칙주의자인 것은 다 아빠들 탓이었을까?

"근데 우리 아빠는 돈은 안 버는데 옷을 진짜 잘 입고 다녀. 비싼 것만 입고. 나 그래서 외모 너무 신경 쓰는 남자는 마음이 안 가."
"어? 그런데 그래서 선혜가 옷을 잘 입나? 너 개성 있는 옷차림으로 우주 최강 아니냐? ㅋㅋㅋ 아니 난 칭찬이라고! 우리 아빠는 잘 해주지도 않으면서 자기한테 친하게 하고 아양떠는 거 너무 좋아해. 진짜 애 같아. 그래서 내가 남자 후배들이랑 안 친한가? 어린 거 너무 싫어. 기영이 넌?"

"난 요즘엔 연하도 좋은 거 같아."

"야. 그건 연하 얘기도 들어 봐야지. 너는 작년에는 키 큰 사람이 좋다며. 그리고 연하들은 쑤 언니처럼 쪼끄만 여자 좋아해."

"난 아빠가 너무 권위적이고 신경질적이라서 그런가. 착한 사람이 좋아."

"언니? 거짓부렁 멈추시지. 아무리 착해도 잘 생겨야 좋아하잖아."

"부정하진 않겠어."

"권위 없고 잘 생기려면 연하 만나야겠네."

"어우 선혜양. 역시 장학생은 정리구나. 쑤 언니 두 달 안에 연하 한 명 잡아봐 봐. 구경이나 좀 하자."

심각한 얘기였는데도 워낙 익숙해서 그런지 아픈 얘기를 무슨 남 얘기하듯 주고받았고 나중엔 경쟁적으로 '우리 아빠 더 심해.' 토크가 펼쳐지다가 연애 얘기에서 깔깔대며 흥분하는가 싶더니 왠지 다 울다가 후련하게 모임이 끝났다. 기영이는 가정에 특별한 아픔이나 상처가 없다고 했다. 아르바이트도 안 해도 되고 큰 상처도 없다며 자기만 그런 줄 몰랐다면서 같이 울었다. 3년 동안 이 그룹과 스터디를 해왔는데 오늘이 가장 가까워진 기분이다. 사람들과 가까워지는데 필요한 것은 즐거움과 장점인 줄 알았는데 그게 아니었다. 나는 너무 나의 완전함만으로 사람들에게 사랑받으려고 한 것 같다. 완전해질 수 있을 자신도 없으면서. 아니 그러고 싶은지도 생각해 본 적이 없다. 그런데 이런 비밀을 다른 사람에게 보여도 오늘의 우리처럼 이해해 주고 가까워질까? 경험해 본 적 없는 길은 참 두렵다.

"언니, 이번 행사 때 사회자. 나 말고 기영이가 하면 좋겠어."

미나짱과 기영이를 먼저 보내고 선혜가 대뜸 이런 말을 한다.

"왜? 진행은 너가 더 잘 하지 않아?"
"그게, 이건 그냥 내가 혼자 신경 쓰는 거긴 한데, 내가 계속 장학금 받으니까 기영이가 예민해 하는 것 같고, 나는 앞에 나서는 거 그렇게 좋아하지도 않으니까 언니가 그냥 기영이한테 먼저 부탁하는 게 좋을 것 같아."

"그걸 왜 예민해 해?"

'기영이가 그렇게 샘이 많은 애였나?'

"언니, 지난번에 다 같이 노래방 갔을 때 기영이 진지한 노래 부르는데 민하가 춤추고 우리가 그거 보고 계속 웃었다고 삐쳤던 거 기억 안 나? 나중에 나랑 기영이는 따로 사과까지 했어."

"사과를 했다고?"

"그러니까 그냥 기영이한테 마이크 주고 난 따로 뒤에서 할 수 있는 거 할게."

집에 와서 어제 기영이에게서 받은 엽서를 꺼내 봤다.

언니 우즈벡에 가면 이제 한동안 못 만나겠네.
가기 전에 필요한 거 뭐든지 말해. 내가 도와 줄게.
내년에 미나짱이랑 언니 없으면

나랑 선혜가 있으니까 동아리 걱정은 하지 말고!

내가 언니 존경하는 거 알지?

나도 언니처럼 책임감 있는 리더가 될 거야.

쓱 언니의 소중한 기영이가

21

인연

　오늘 원래는 맑음이와 영화를 보러 가기로 했는데 아침에 연락이 안 왔다. 연락이 와야 몇 시에 볼지 정하는데, 내가 연락해도 되고 기다리면 연락이 오겠지만 난 잠깐 고민하다 가 밥도 안 먹고 혼자 영화관으로 갔다. 상영관에 들어가기 전에 전화를 했는데 안 받아서 음성 메시지를 남겼다. 이슬 비가 약간 오는 날의 평일 낮 영화라 영화관엔 사람이 몇 명 있지도 않았다. 그런데 원래 영화에 나오는 사랑은 이렇게 온통 불가능한 사랑이었나? 요즘에는 노래며 영화며 왜 이 렇게 다 내 얘기 같은지.

'보이는 것이 아니라 느껴지는 것을 믿어.'

주인공의 이 대사가 마음에 와 닿아서 노트를 꺼내서 받아 적고 영화를 보면서 메모를 끄적였다. 깜깜한 곳에서 그러고 있다 보니 가요제 예선이 있던 밤이 생각난다. 거기도 이렇게 깜깜한 곳이었지. 깜깜한 곳에서 난 어떤 느낌을 받고 맑음이를 찾아냈을까? 영화의 대사를 생각하면서 다시 학교 쪽으로 걸어갔다. 학교까지는 걸어서 40분 정도 걸린다. 비도 조금 오고 우산도 없는데 왠지 걷고 싶었다.

2개월만 있으면 졸업이고 3월이면 외국으로 가서 1년이 될지 2년이 될지 모를 봉사활동을 떠난다. 그동안 맑음이는 군대에 가겠지. 돌아오면 난 20대 중반이 될 텐데 그렇게 생각하니 내가 벌써 너무 늙은 것 같고 자꾸만 움츠러든다. 내 행동 하나하나가 무겁게 느껴지고 부담스럽다. 내가 원하는 상황들이 내 선택 없이 전개되면 얼마나 좋을까. 내가 선택한 것이 아니라고 핑계대면서 행복할 수 있을 텐데.

그때 그 길에서 맑음이와 마주쳤다. 정말이다. 멍하니 걷

느라 몰랐는데 저쪽에서 걸어오는 사람이 맑음이였다. 청
바지에 톤다운 된 민트색 후드티를 입고 벌써부터 보고 있
었다는 듯한 눈빛을 하고 내쪽으로 걸어오고 있다. 학교도
아니고 번화가도 아니고 너가 어떻게 여기에?

"너 여기서 뭐해?"

"나 폰 깔고 앉아서 액정이 완전히 나갔어요. 그래서 연락
하나도 안 됐어."

"전화를 또 망가뜨렸어? 삐삐는?"

"두고 나왔어요."

"없어도 들을 수는 있잖아."

"아, 그러네."

"허술해~"

"그런데 누나 혼자 영화 봤어요?"

"어… 근데 너 여기까지 왜 왔어?"

"학교 근처에서 수리 안 된다고 시내까지 가라고 해서요."

"내가 보낸 음성은 못 들었겠구나."

"무슨 내용인데요?"

"나 영화 혼자 본다고"

"그걸 언제 보냈는데요?"

"영화 시작하기 직전에 ㅎ"

"참나. 그걸 그때 보내면 나보고 어쩌라고."

"연락을 하긴 했다 이거지, 하하"

맑음이는 어이없다는 듯이 미간에 주름을 잡고 웃는다.

"근데 어디 아파요? 얼굴이 왜 이렇게 창백해요? 그리고
우산도 없는데 왜 걸어 다녀."

"나 지금 세 끼째 굶었어. 너무 배고파. 걸어 다니는 건 원
래 좋아해."

"밥은 왜 굶고 다니는 거야? 영화는 혼자 보니까 재밌었어
요?"

"응. 근데 수리점 너가 걸어온 방향 반대쪽 사거리에 있는
데 왜 여기까지 왔어?"

"몰랐어요? 나 극장 근처 산책하는 게 취미예요."

둘이 실없이 웃으면서 다시 학교 쪽으로 걸었다.

"신은 왜 사랑할 수 없는 사람만 사랑하게 하시죠? 라는 대사가 있었어."

"왜 그렇대요?"

"그냥 뭐. 신은 원래 대답이 없지. 그런데 신이 그런 게 아닌 거 같던데."

"그럼?"

"자기가 힘들어서 극복하기 힘들거나 상황이 안 편하면 신이 그랬다고 그러는 거잖아."

"오. 누나도 그렇게 생각해?"

"왜?"

"종교 있는 사람들은 뭐든지 다 신의 뜻이라고 하잖아."

"나 그렇게 생각하는 거 되게 싫어하는데? 아직 나를 잘 모르네~"

맑음이가 나를 빤히 쳐다본다. 의외라는 듯.

학교 앞 둘이 전에 갔던 식당에 도착해서 자리에 앉으려는데 맑음이가 또 뒷주머니에 휴대폰을 넣은 채로 앉으려고 해서 내가 붙잡아서 막았다. 스스로 너무 멋적어 해서 웃겼다. 마침 미역국이 나왔다. 맑음이도 나도 미역을 안 먹는다. 이상하게 미끄덩거리는 느낌이 싫어서, 미역국 먹는 사람 이해가 안 간다면서 괜히 한참 떠들고 있노라니 맑음이는 내가 못 먹는 햄을 다 골라내서 자기 접시로 옮긴다.

"누나 요즘엔 무슨 책 읽어?"

"피천득의 〈인연〉"

"무슨 내용인데?"

"작가가 긴 세월 동안 어떤 여자를 세 번 만났는데 세 번째는 환상이 깨졌는지 안 만났으면 좋았을 걸 그랬대. 인상이 깊은 사람이었나 본데 결국은 남이 됐어. 그게 그 사람들의 인연인가 봐. '한 번 만나고는 못 만나게 되기도 하고 일생을 못 잊으면서도 아니 만나고 살기도 한다.' 좋은 감정을 간직하고 싶어서 세 번째 만남을 후회하나 봐. 그 수필에 춘천 나온다? 중1 때 국어 선생님이 수업 시간에 읽어줘서 들었는데 꼭 영화 같은 얘기였어."

"일생을 그리워하는데 안 만나고 산다고? 이해가 안 되는데?"

"식민지 시대라 그랬나?"

"우리가 더 인연이네. 약속 깼는데 우연히 길거리에서 만나서 밥도 먹고."

"약속을 깬 게 아니고 너가 액정을 깼지."

밥을 다 먹고 나올 때 맑음이가 또 식탁 위에 휴대폰을 두고 나오려고 해서 내가 챙겨 줬다. 되게 사소한 실수인 척하다가 어이없어서 웃는데 그게 너무 웃겼다. 왜 저렇게 정신이 없을까? 맑음이가 도서관 장서실까지 데려다 줬다. 아르바이트 끝나고 나오니 맑음이가 홀에서 나를 기다리고 있었다.

"가자."

"어디 갈 건데?"

"누나 가는 데."

둘이 나란히 밖으로 나오는데 유리창에 우리 모습이 비쳤다. 잘 어울렸다. 맑음이도 유리창을 바라보는 날 쳐다봤다. 세 살이나 차이 나는데 왜 어울리는지 모르겠다. 대선배와 신입생 같으면 편하게 친하게 지낼 텐데, 커플 같아 보인

다. 같이 교내 서점에 들어가려는데 맑음이에게 전화가 왔
다. 맑음이 친구 준기다.

'야!! 너 어디야!!'

소리가 엄청 크다.

"나 도서관인데."
'너 또 누나 보러 갔냐?!! 만났어? 어떻게 됐어?!!'

서둘러 볼륨을 낮추지만 이미 늦었다. 맑음이의 한숨.

"친구들이 나 알아?"
"조용히 하고 빨리 들어가요. 다 책 읽잖아."

"그림책이네요? 〈라울 따뷔랭〉?"
"어. 내가 좋아하는 작가야. 그림 되게 좋지."
"누나 이따 저녁에 뭐해요?"
"글쎄 잘 모르겠어. 아! 너한테 주기로 한 휴대폰 고리 내

일 줄게."

같이 동아리방에 도착했다. 동방에 기영이가 와 있었다. 활짝 웃으며 인사를 했는데 내 뒤로 맑음이가 따라 들어오니까 의아해한다.

"둘이 어떻게 같이 와? 언니 도서관에서 오는 길 아니야?"
"저 원래 도서관 자주 가요. 학생은 도서관이지."
"너가 언제부터?"

나와 약속이 있던 선배 언니와 잠깐 얘기를 나누는 동안 맞은편에 앉아 있던 맑음이가 나에게 눈인사를 하고 일어선다. 그리고 기영이가 따라 나간다. 동방문 너머로 기영이 목소리가 들린다.

"이따가 저녁 때 우리 집에 들러!!"

22

또
셋?

다음 날 도서관에서 아르바이트가 끝나고 장서실 벽을 따
라 놓여 있는 긴 페브릭 소파에 푹 눌러 앉아 책을 읽고 있
는데 누가 옆에 와서 앉았다. 맑음이다. 내 쪽은 쳐다도 안
보고 모르는 척, 들고 온 책을 읽고 있다. 입꼬리가 자꾸 올
라간다. 나도 아무 말 없이 다시 책을 읽기 시작했다. 내가
읽고 있는 페이지 위로 스윽 파란 표지의 책이 올려진다. 장
자크 상페의 〈속 깊은 이성 친구〉. 난 눈이 커다래져서 맑
음이를 본다.

"누나 이 작가 좋아하는 거 맞지?"

"언제 샀어?"

"어제 동방 나가자마자."

"(그래서 간 거였어?) 고마워. 이 책 알바비 받으면 사려고 했었어."

"밥 먹으러 가자."

맑음이가 준 책을 가방에 안 넣고 손에 들고서 맑음이와 같이 장서실을 나와 1층 홀까지 말없이 계단을 천천히 내려간다. 각자 무슨 생각을 하다가 눈이 마주치면 맑음이가 내 소매를 잡아당기거나 등에 멘 배낭 위로 손을 살짝 얹는다. 컴퓨터가 죽 늘어선 넓은 홀을 지나 계단을 내려온다. 햇살이 밝고 가볍다. 건물 두 층에 걸쳐진 길고 긴 계단을 내려가다가 중간에 쭌 오빠랑 마주쳤다. 우리 교회에서 나랑 제일 친한 오빠다. 나랑 맑음이를 보더니 묘한 표정을 짓는다.

"어이 쑤~!"

그리고 갑자기 나를 가리키며 맑음이에게 말을 건다.

"얘가 되게 순진하니까 좀 답답해도 그런가보다 해요. 좋은 일한다 생각하고. 젊은 사람이 안 됐네."

"아, 네! 형님! 아시는구나. 네네."

"뭐라는 거야! 저리 가!"

준 오빠는 나를 한쪽으로 데려가더니

"걔지? 지난번에 공부하다가 그냥 너 생각났다고 연락한 애."

"오!! 그걸 오빠가 어떻게 알아?"

"쟤 표정을 봐라."

"표정?"

"하아. 됐다."

딱하다는 듯한 표정을 짓더니 맑음이 쪽으로 돌아와서 쓸데없는 소리를 떠들어 대다가 준 오빠는 도서관으로 올라갔다.

"저 형 되게 재밌네요."

"어. 나랑 친한 오빠야."

둘이 다시 계단을 내려오는데 계단 아래 기영이가 서서
우릴 쳐다보고 있다. 쟨 언제부터 저기 서 있었지? 우리 셋
이 얘기하고 있는 거 봤나? 그런데 표정이 안 좋다. 아닌가.
햇살 때문에 찌뿌린 건가?

"기영아~"

기영이가 웃지도 않고 다가오더니 내 손에 들린 책을 한
참 본다.

"둘이 웬일이야?"
"도서관에서 만났어."
"또?"
"어?"
"맑음이 넌 바쁘다며"
"맑음이 너 바빠?"
"언니는? 집에 가?"

"나는… 잘 모르겠는데."

＊＊＊

식당.

"기영이 기분 안 좋은 거 같은데."
"그 누나 어젠 기분 좋았는데."
"어제?"
"어제 서점도 같이 가고. 되게 기분 좋아보였는데."
"서점을 같이 갔다고?"
"어제 동방 나올 때 집에 들르라고 하더니 같이 가자면서 따라왔어요. 내가 그 작가 소개도 해 주고."

맑음이는 바본가? 아니면 H를 대하는 나처럼 게으른 건 가? 아니야. 내가 왜 기영이 눈치를 보고 있는 거야? 우리가 뭘? 내가 사람들 책 선물을 얼마나 많이 했는데!

"이 책도 같이 샀어?"

"응. 왜요?"

　나는 인간관계든 공부든 뭐든 경쟁이 싫다. 조금 불편하기만 해도 발을 빼버리는 성격이다. 중고등학교 때 짝사랑을 하다가도 나랑 친하지도 않은 누군가가 그 사람이 좋다고 하면 바로 마음을 접었고 어딜 가든 인기 많은 사람에겐 진짜로 관심이 안 갔다. 양방향 감정도 싫어했다. 누군가를 좋아하다가도 그 사람이 나를 좋아하는 것 같으면 덜컥 불편해지면서 싫은 감정으로 변했다. 누군가와 너무 가까워져서 편하고 즐거웠던 구도가 어그러지면 위험하게 노출되는 밝은 에너지의 불안을 견딜 수가 없었다. 좋아한다는 것은 너무 큰 책임을 지는 감정이다. 변화라는 건 너무 두렵다. 변화 직전까지의 가까워지는 과정. 그것만이 내가 느낄 수 있는 행복의 최대치인 것 같다.

　'아까 기영이의 그 표정은 뭐지?'

　그 생각이 머릿속에서 떠나질 않는다.

'분명히 우리가 달라 보였을 거야. 아까 우리 되게 즐거웠잖아. 다 보였겠지. 그런데 그래서 내가 나빠 보였나? 맑음이랑 있는 거 이상해 보였을까? 그런데 둘은 어제 서점 갔다며! 나는 왜 안 돼?'

"누나 무슨 생각해요? 오늘 아침에 준다던 휴대폰 고리 왜 안 줘요."

"아! 집에 두고 왔다. 다음 주에 줄게."

"다음 주? 오늘 목요일인데, 3일이나 기다려요?"

"내가 할 일이 좀… 근데 너 기영이 뭐 도와주기로 했어?"

"그거 누나 스터디 일이라고 하던데요?"

"우리 스터디 일?"

"구체적인 얘긴 안 하던데. 후원자의 밤인가?"

"그걸로 따로 만나기로 한 거야?"

"누나네 스터디 멤버고 그거 누나 우즈벡 가는 것 때문에 하는 거니까 도와 줘야 할 거 같아서."

"둘이 원래 친했던 거 아니야?"

"기영이 누나랑? 셰어하우스 단체 모임에서만 봤는데요. 나 동아리에서 따로 연락해 본 사람은 누나밖에 없어. 근데 왜요? 아. 근데 기영이 누나는 맨날 무슨 고민 있으면 자기한테 얘기하래."

"고민? 너 고민 있어?"

"나 고민 있죠. 누나가 내 고민 좀 들어줘요."

불어 전공인 기영이가 신입생이었을 때 자긴 한국어 책도 별로 읽어본 적 없다고 해서 내가 프랑스 작가를 몇 명 소개해 줬었다. 상페는 그 중 한 명이었다. 어제 기영이는 내가 해 준 얘기를 맑음이에게 들으며 둘만의 공통점이 생겼다고 느꼈을지도 모르겠다. 맑음이가 나에게서 들은 줄은 몰랐겠지. 그리고 그날 산 책은 나한테 있고 그걸 기영이가 봤고. 나 들킨 건가? 뭘? 맑음이가 맨날 연상 좋아한다고 말하고 다니는데 기영이가 그걸 자기라고 생각했나? 기영이가 눈치챘나? 뭘? 기영이는 다과를 맡았는데 왜 후원자의 밤 얘기를 하면서 맑음이를 따로 불러냈지? 그건 나랑 같이 하기로 했는데 왜 나한테 말도 없이?

"나 이제 집에 갈래."

"데려다 줄게요."

"아니야 괜찮아. 나 어디 들렀다 가야 해. 다음 주에 보자."
"다음 주?"

맑음이는 약간 혼란스런 표정이다. 난 모른 척하고 밝게 인사하고 돌아섰다. 그리고 연락을 안 했다. 맑음이도 연락이 없다.

❀❀❀

금요일. 다시 후원자의 밤 행사 준비 모임이다. 어차피 1학년 중에 도우미 할 사람을 몇 명 모집해야 했고 내가 입을 다물고 있어도 요즘 자주 얼굴을 비추었던 맑음이가 물망에 올랐다. 기영이는 자기가 맑음이에게 부탁하겠다고 했다.

"어 그래. 그러면 기영이 너가."
"그건 쑤 언니가 말하는 게 낫지 않아? 1학년이랑 언니가 더 친해. 그리고 맑음이가 원래 언니가 말하면 잘…."
"그냥 기영이가 연락하고 난 선혜랑 안내지 만들게."

내 말을 자르고 들어오는 미나짱의 말허리를 다시 내가
자르면서 상황을 정리했다.

'미나짱 제발 조용히 해.'

"언니 나 벌써 안내지 만들었어. 그리고 1학년 남자애들
우리랑 친하지도 않고 따르지도 않아. 언니가 말해."

역시 단호한 선혜.

"그래. 그리고 우리 다 너무 덩치가 커서 1학년 남자애들
이 무서워하는 거 같아. 애들이 언니는 조그맣다고 만만하
게 보더라. 친근감으로 잘 꼬셔봐."
"욕하는 거냐."
"이참에 H한테도 얘기해 봐."
"H는 이런 행사 안 와."

또다시 단호한 선혜. 지혜로워.

잡담이 끼어들면서 다 같이 웃고 넘어갔다. 기영이도 같이 웃는다. 웃으니까 괜찮은 거겠지? 난 안심하고 집에 왔다. 기영이가 괜찮으니 기분이 편할 줄 알았는데 혼란스러워 하던 맑음이 표정이 자꾸만 신경 쓰인다.

기분이 한없이 가라앉는다.

23
아직도, 다음에

　다음 날인 토요일 오후 재단 센터에 들른 후 오랜만에 과 친구들과 만났다. 다 같이 모이면서 두 친구가 남자친구랑 같이 나왔다. 커플인 친구들을 봐서 그런 건지 왁자하게 떠들고 놀면서도 계속 맑음이 생각이 났다. 친구들이 자꾸만 남자친구 왜 안 사귀냐고. 가요제 때 왔던 애 누구냐고 묻는다. 아니라고 하면서도 자꾸만 맑음이 생각이 났다. 이제 계속 어색하게 지내야 하나. 기영이는 어떻게 생각하고 있을까. 그때 삐삐가 울렸다. 01. 맑음이다. 뭐라고 했을까. 가라앉은 기분이 갑자기 부풀어 오른다. 빨리 듣고 싶다. 뭐라

고 음성을 남겼을까. 비밀 번호를 누르고 목소리를 듣는 내
내 심장이 콩닥거렸다.

  집에 오는 길에 맑음이에게 주말 잘 보내라고 음성을 남
겼다. 저녁 공기가 상쾌했다. 집에 와서 씻고 나와 보니 음
성이 와 있었다. 다솜에서 셰어 하우스 사람들 모여서 저녁
먹고 오는 길이라면서 휴대폰 고리 받고 싶다고 지금 만날
수 있냐고. '기영이 만났구나.' 삐삐에 찍힌 018282(나 맑음
이야. 빨리 전화 해!)를 한참 보고 있는데 집으로 전화가 왔다.
처음으로 한 시간 넘게 전화 통화를 했다. 서로 무슨 말을
할지 몰라서 가만히 있기도 하고 누군가가 뜬금없이 흥얼대
기도 하고.

  누나 오늘 뭐했어요? 친구 만났어. 너는 잘 지냈어? 거의
집에 있었어요. 너무 심심했어요. 생각만 많고. 무슨 생각?
그냥, 어떤 사람 생각했어요. 지금 무슨 생각할까. 뭐 하고
있을까. 내 생각했구나? 어떻게 알았어요? 내가 원래 중독
성이 있어. 흔한 일이지. 조심해라.

"누나 우리 내일 만날까?"

"내일?"

"휴대폰 고리 내일 줘요. 내가 받으러 갈게."

맑음이와 만나기로 한 건널목 앞. 결혼식장에서 돌아오던 날 택시에서 내렸던 그 건널목에서 맑음이가 기다리고 있었다. 난 선물을 주고 집에 데려다 달라고 했다.

"집에 가지 말고 밥 먹으러 가자."

밥을 다 먹고 나오면서 맑음이는 근처에 멋진 곳이 없냐고 물었다.

"야외에 앉아서 얘기할 만한 곳 없어요? 카페 말고."

사실은 내가 자주 가는, 우리 집 근처 H대 벤치가 정말 야경이 좋아서 항상 맑음이랑 같이 가면 좋겠다고 생각했었다.

"이 근처엔 없어. 그냥 집에 가자."

한참 걷다가.

"누나 그럼 그 영화 보러 갈까."

"그거 19금이잖아. 너 봐도 됨? 나이 안 되는 거 아니야?
ㅎ"

"누나~! 전에도 영화 혼자 보고."

"너가 아침에 연락 안 했잖아."

"누나 그 형 어떻게 됐어요? 친구의 전여친한테 좋아한다
고 얘기했대요?"

"말은 했는데, 그냥 친구로 지내기로 했대."

결국 영화도 안 보고 휴대폰 고리만 주고 돌아왔다. 10월
둘째 주 일요일이 그렇게 지나갔다.

24
나
의
비
밀

　화요일까지 도서관에도 안 가고 맑음이에게 연락도 안
했다. 웬일인지 맑음이도 연락이 없다. 주말에는 그렇게 적
극적이었는데 벌써 3일째 아무 연락이 없다. 난 맑음이에
게 연락하는 대신 메일을 보냈다. 맑음이가 매일 메일함을
여는지는 모르겠지만, 언젠가는 열어볼 지금의 나를 보관
하듯 메일을 썼다. 주말에 재밌었고 고마웠다고 오늘은 어
땠냐고.

　오후에 도서관에서 아르바이트하는데 맑음이가 왔다. 잠

깐 시간 되냐고 해서 아르바이트 일지에 시간을 기록하고 소파 자리로 가서 맑음이와 나란히 앉았다. 자꾸만 말이 헛나오고 말을 꺼냈다 말았다를 반복했다. 그날 내가 가장 많이 한 말이 '아니야.'였다. 무슨 말을 하려다 말고 아니야. 그러면 맑음이는 '아. 답답해. 짜증나.'라며 답답해했다.

"누나 나는 긴 생머리에 마르지도 뚱뚱하지도 않고 눈이 큰 여자가 좋아."
"눈이 많이 높네. 그러니까 여자 친구가 없지."
"그런가 봐."

밥을 먹으러 가자고 해서 아르바이트를 더 안 하고 밖으로 나왔다. 또 비가 왔다. 맑음이의 우산을 같이 쓰고 밥 먹으러 갔다가 다시 동아리 방으로 오려는데 맑음이에게 전화가 왔다. 전화 받는 맑음이 태도가 너무 경직됐다. 어떤 여자였다. 역시 통화음이 너무 컸다.

'목소리가 왜 그러니? 옆에 누구 있니? 여자 친구니?'
"아니야. 아니에요. 이따 전화할게. 끊어."

맑음이 얼굴이 진짜 빨게졌다. 전화한 사람은 맑음이 엄마였다. 난 계속 웃고 맑음이는 계속 나라 잃은 표정. 같이 동아리방에 갔다가 동아리 선배인 남이 오빠를 만났다. 셋이 1층에서 간식을 먹는데 오빠가 날 보더니

"너 무슨 일 있니?"
"응? 아니요. 왜?"
"평소 같지 않고 이상해. 왜 착해졌어?"

이 대목에서는 맑음이가 웃음이 터지고 그칠 줄 모른다.

"나 배고플 때만 봤나 보네. 과자를 사 줘 봐요. 안 착한가."
"아닌데? 과자로 볼 수 있는 효과가 아닌데? 연애하니? 얼굴이 빨개지는데?"

맑음이가 계속 웃는다.

밤에 긴 음성 메시지가 왔다.

'아무리 생각해도 아까 도서관에서 내가 너무 누나한테 함부로 대한 거 같아. 내가 누나를 그렇게 대하면 안 되는데 미안해요. 무례했어요. 실수한 거 같아서 기분이 안 좋아.'

몇 번씩 다시 듣다가 잠이 들었다.

다음 날 나는 도서관 가는 길에 맑음이에게 두 번째 메일을 보냈다. 어제 온 메시지에 대한 답장이었다. 아르바이트는 3시쯤에 끝났다. 요즘엔 식욕도 없고 자꾸만 살이 빠진다. 책을 너무 열심히 날라서 피곤했다. 소파에 앉았다가 잠이 들었다. 4시쯤 맑음이가 와서 날 깨웠다.

"어제 메시지 들었어요?"
"응."
"근데 왜 답장 안 해."
"그냥. 오늘 만날 거 같아서."

아직 내가 보낸 메일들은 못 봤나 보다. 우린 그렇게 말과 글이 멀리멀리 돌고 돌아야 가 닿는 시간을 함께 하고 있다.

스스로 찾고 신경 쓰기 전엔 어떤 이야기가 어디에서 기다리고 있는지 모르는 시간.

밥을 먹는데 맑음이가 봉지커피란 말을 했다. 봉지커피가 뭐냐니까 인스턴트 커피믹스가 봉지커피란다. 그런 말 처음 들었다. 너네 고향 사투리냐니까 어이없어한다. 우린 그런 걸로 한 30분은 논쟁을 벌인다. 지난번엔 닭갈비에 추가하는 메뉴가 사리냐 국수냐를 놓고 한참 토론했었다. 얘기하는 내내 맑음이는 요즘 시간이 너무 많고 너무 심심하다는 말을 계속 했다. 같이 밥을 먹고 맑음이가 나를 동방에 데려다 줬다. 들어가기 전에 잠깐 화단에 앉아 얘기하는데 맑음이가 내 턱을 살짝 건드렸다. 온 몸이 긴장됐다.

"누나 토요일에 뭐해요? 만화 축제 같이 가자. 저녁도 같이 먹고."

집에 돌아와 일기를 썼다.

'맑음이와 헤어질 수 있을까?'

맑음이와 멀어지긴 힘들겠다. 그렇게 생각하니까 맑음이를 자연스럽게 대할 수 있었던 마지막 껍질이 벗겨진 기분이었다. 구체적이고 확실한 이성인 남자는 어떻게 대해야 하는 걸까. 내 마음 속에 있던 맑음이의 상이 갑자기 너무 낯설어졌다. 어색함을 들킬까봐 주말 내내 연락하지 않았다.

월요일에 도서관에서 반납 도서 중 300번 대 책만 골라서 카트에 담아 서가 쪽으로 가려고 하는데 맑음이와 마주쳤다. 너무 갑작스러워서 서로 놀랐다. 우린 잠깐 망설였고 맑음이가 고개를 숙여 인사하고 지나가 버렸다. 나도 묵묵히 내 할 일에 몰두하고 다시 카트에 책을 담으러 갔다. 책을 담는데 그 애 친구들이 지나갔다. 내가 이 자리에 없으면 편할 것 같다. 난 다시 카트를 밀어 맑음이를 지나쳐서 앞으로 앞으로 갔다. 주말 내내 맑음이를 밀어낸 건 난데 막상 맑음이 표정을 보니 속상하다.

"누나, 나 이제 갈게요."
"어. 잘 가."
"이따 동방 갈 거예요?"

웃으면서 아무렇지 않은 척 모르겠다고 말하고 돌아서
자마자 슬퍼졌다. 맑음이는 다시 와서 소설 〈향수〉가 어
디 있냐고 했다. 찾아 주고서 바로 카트로 돌아왔다. 카트
에 300번 대 책만 남아서 나머지 책을 한 자리에서 정리하
는 동안 맑음이가 맞은 편에 서서 책을 찾고 있었다. 책장
사이로 맑음이의 몸 어딘가가 조금씩 보인다. 난 눈길을 피
하며 왔다갔다 일만 했다. 옆을 지나치거나 한동안 서가를
가운데 두고 마주 서 있기도 했다. 이어폰을 꽂고 음악을 들
었다. 아무 소리도 안 들리도록. 일이 끝날 때까지 맑음이는
가지 않았다.

"맑음아. 나 이제 간다."
"어? 어 누나, 안녕."

원래는 항상 같이 밥을 먹으러 갔었다. 맑음이의 고민하
는 듯한 눈. 그렇지만 내가 어떻게 해야 하는 거지? 좋아한
다는 생각이 들어오니까 내가 어떻게 대해야 하는 건지 모
르겠다. 인사를 하면서 맑음이가 내 손가락 끝을 살짝 잡았
다. 손이 정말 따뜻했다. 난 슬쩍 빼고 돌아서 버렸다.

난 도서관 로비로 내려와서 맑음이에게 세 번째 메일을
보냈다.

'지금 너랑 인사하고 내려와서 쓰는 중이야. 너 왜 오늘
은 밥 먹자고 안 해? 나 이따 동방 가는 거 왜 모른다고 했냐
면….'

메일로 얘기하니까 할 말이 정말 많다. 메일을 전송하고
도서관을 나오면서 맑음이가 어느새 나에게 가장 가까운 사
람이 됐다는 생각이 들었다. 맑음이는 물 같다. 내가 있는
어디에나 스며들어 있었다. 따로 연락해서 만나지 않아도
마주칠 수 있는 장소들이 있어서 다행이다. 명분 없이 연락
하는 건 힘들지만 자연스럽게 마주칠 수 있다는 것이 위안
이 됐다. 그렇게 며칠이 지나고 수요일에도 메일을 보냈다.

목요일에는 기영이가 만나자고 해서 같이 커피를 마셨
다. 기영이는 갑자기 내년 봉사기간 동안 내 후원자 관리를
해 주겠다고 제안했다. 원래는 우리 교회에 친한 언니가 해
주기로 했는데 거절하기도 그렇고 고맙기도 해서 알겠다고

했다.

금요일. 도서관에 가서 가방을 벗어놓고 늘 내가 앉는 소파 쪽으로 가봤다. 맑음이의 동선을 상상하며 그 동선을 따라가면 소파에 앉아 있는 내가 어떻게 보일지 궁금했다. 그리고 혹시 벌써 와 있다면 몰래 보고 싶었다. 없다. 다시 북카트 쪽으로 돌아섰는데 맑음이가 내 뒤에 서 있었다. 차라리 뭘 훔치다 들키는 게 낫겠다. 언제부터 본 거지?

"누나 어디 갔었어? 나 리포트 쓰러 왔는데 누나 가방이 저기 있어서 찾아 다녔어요. 연락은 왜 이렇게 안 돼?"

농구를 세 게임이나 뛰었다는 맑음이에게서 옅은 땀내가 난다.

땀내가 좋을 수도 있군. 하. 이제 나도 모르겠다.

25
우리의 비밀

10월이 거의 끝날 무렵까지. 가끔씩 맑음이와 나는 긴 통화를 하면서 점점 친해졌고 점점 가까워질수록 내 머릿속은 복잡해지고 있다. 나랑만 친한 건 아니겠지. 동기 선우랑도 친하던데. 다른 여자와도 통화 많이 할 거야. 이런 생각들이 늘 마음 한 편에 있었다. 내가 적극적으로 연락하는 일은 없다. 나는 자격이 없는 사람 같다. 내가 누나고 리더라서 더 신경 쓰인다. 내가 그럴 때마다 또 다시 좀 멀어졌다.

며칠 연락이 없는 와중에 동방에 갔는데 맑음이가 아프단 말을 들었다. 나는 책을 빌리러 간다는 핑계를 대며 저녁 모임 후 슈룹에 따라 갔다. 다들 식사를 준비하는 동안 맑음이 방문을 노크했다.

"맑음아 많이 아파?"
"누나 나 아픈데 선물 안 가져 왔어?"
"넌 아프면 선물 받아?"
"누나, 선물은 주라고 있는 거야. 핑계를 만들어야지."

'오늘 핑계대고 온 건데.'

다음 날 도서관에 맑음이가 다시 찾아왔다. 그날 맑음이와 학교 밖을 돌아다니다가 너무 많은 사람들과 마주쳤다. 그동안 수없이 많은 남자들과 오가던 길인데 맑음이와 있으면 왠지 부끄럽다.

"누나 아는 사람 진짜 많네요."
"얌전히 살려고 노력했는데 생각처럼 안 된다."

맑음이는 또 미간을 모으며 웃는다.

우리는 학교로 돌아가 햇살 가득한 빈 강의실에 들어가서
자판기에서 뽑은 커피를 마시고 내 과함에 들러서 편지를
수거하고 인문대 잔디밭에 앉아서 놀다가 다시 밖으로 나와
서 봉실 스넥에서 라볶이를 먹고 오락실에 가서 총 쏘는 게
임을 했다. 난 게임 자체가 이해가 안 가고 화면이 너무 무
서운데 맑음이는 너무 잘 죽였다. 너 원래 이런 애였냐. 사
람이 너무 토마토 터지듯이 죽는 거 아니냐. 실망이다. 사람
을 너무 잘 죽인다. 계속 따졌다. 내가 하도 따지니까 맑음
이는 재밌어 하는 것 같기도 하고 어이없어하는 것 같기도
했다. 결국 틀린 그림 찾기로 합의를 봤다. 그건 재밌었다.

"누나, 나한테 음성 많이 남겨."
"왜? 너 문자 너무 와서 귀찮다며"
"나 아직 삐삐 해지 안 한 거 아무도 몰라."
"필요해서 계속 쓰는 거 아니야? 아무도 모르는데 왜 써?"
"나 누나 음성 듣고 싶어서 계속 쓰는 건데. 이거 누나용
이야."

187

"나만 안다고?"

"응. 연결음 노래도 누나한테 들려주고 싶은 노래."

"괜찮냐, 어떻게 지내냐, 혹시 무슨 일이라도 생겼냐. 나 들으라고 깐 거야?"

"난 그 노래 들으면 누나 생각나."

"누나 그런데 난 전화보다 삐삐가 좋은 거 같아. 전화가 편하긴 한데 음성 기다리는 시간. 음성 온 다음에 들을 때가지 번호 누르고 비밀 번호 누르고 기다리는 몇 초가 정말 좋아. 문자나 전화는 오자마자 알잖아. 설렘이 없어."

"맞아. 나도. 난 전화 아직 안 써봤지만… 나 우즈벡에서 돌아오면 삐삐 이제 안 쓰겠지. 마지막 낭만이네."

"누나 나 삐삐 쓰는 거 비밀이다."

"응"

"그리고 누나 목소리 좋아."

"부럽다. 내 목소리도 듣고."

다음 날도 집에 오는 길에 교문 앞, 거리를 지나가다가 맑음이와 마주쳤다. 맑음이는 바로 나를 따라 오려다가 친구한테 붙들려서 끌려갔다. 집에 오는 내내 그 표정이 생각나서 자꾸 웃음이 났다. 차라리 맑음이가 나에게 좋아한다고 말해주면 마음이 편할까?

26

소
문

"언니 그 얘기 들었어? 민준이 잠수타고 휴학했대."

우즈벡 준비하려고 만난 미나짱이 난리가 났다.

"작년 겨울 해외 봉사 때 민준이랑 같은 조였던 언니랑 비
밀로 사귀었나봐. 그런데 그 언니 임신해서 둘 다 잠수 탔
어. 연락 안 된대."

"뭐? 둘이 사귀는 사이였어? 근데 잠수는 왜 타?"

"아. 우리 동아리 사람들 답답하잖아. 무슨 유치원생들처

럼 막 순진해서 난리칠 거 아니야. 나 같아도 피곤해서 잠수 타겠다. 근데 진짜 민준이는 언제 그 언니랑 사귄 거야? 능력자야. 세 살 연상이잖아."

민준이는 지금 2학년이고 군대도 안 다녀왔다. 상대 여자는 4학년이지만 재수해서 나보다 한 살 많다. 둘이 세 살 차이. 나랑 맑음이랑 사귀면 나도 이런 얘기 들어야 하나? 그런데 임신? 난 남자랑 뽀뽀도 못 해봤는데 충격이다. 내가 너무 순진한 건가. 그런데 이게 잠수타고 숨을 일인가?

"너는 남자친구랑 잘 지내?"
"내 남자친구는 그냥 뭐 꾸준히 만나고는 있는데. 정말 답답해. 우즈벡 가기 전에 헤어질까 고민 중이야. 어차피 가게 되면 연락도 잘 못할 것 같고. 근데 언니 졸업하기 전에 빨리 연애 해! 어차피 봉사 가면 1년 동안 또 남자 못 만나잖아."
"야 어차피 떨어져 있을 건데 그럴 걸 뭐하러 만나."
"일단 만나 보는 거지. 재밌잖아. 아 진짜 우리 동아리에는 왜 1학년 애들만 멋있는 거야."

"봉사단 지도자 자격증 수료하려면 이성교제 금지잖아."

"언니 이제 4학년이라서 만나도 되잖아. 근데 그것도 웃겨 한창 사람 만날 2학년 3학년 때는 금지하고서 4학년 때 갑자기 연애해도 된다고 하면 갑자기 연애가 되냐? 근데 언니만 곧이 곧대로인 거 알지? 다 뒤에서 몰래몰래 사귀고 있다고."

"그래?"

"그렇다니까. 근데 영우는 빼고 걘 가망이 없어. 옷이나 좀 이쁘게 입으면 나으려나. 은희 언니도 기선 오빠랑 1학년 때부터 사귀고 있고 기영이도 요즘에 연애하고 싶다고 맨날 난리 났어."

"기영이 연애하고 싶대?"

"걘 1학기 때부터 노래를 불렀지. 근데 뭐 그런다고 생기나."

"너 연애하는 거 걔네가 알아?"

"언니 내가 미쳤어? 그건 언니밖에 몰라. 다들 얼마나 말이 많은데."

"근데 원칙이 사귀면 안 되는 건데 난 내년에 봉사 갈 건데 속이는 건…."

"하여튼 고지식해. 언니만 그런다고!!"

미나짱은 맑음이 얘기를 하면 뭐라고 할까? 예측이 안 된다. 커플이 되고 소문 속에 사라진 두 사람은 지금 어떻게 지낼까. 앞으로 어떻게 될까?

❀❀❀

10월 마지막 주 화요일 후원자의 밤 때문에 오랜만에 센터에 갔다. 한글학교 후원자의 밤은 지도자 양성 과정 수료식을 겸한다. 이번에 우리 학교에서는 나와 종학 선배가 수료한다. 나는 우즈벡으로 종학 선배는 필리핀으로 간다. 미나짱은 내 조교 역할 및 수습으로 가는 거라서 다녀와서 수료를 할지 말지 결정한다. 수련 과정은 다 마쳤고 오늘은 마지막 면접을 하는 날이다. 2년 동안 너무 고생을 해서 진짜 속이 후련하다. 회의실에 들어섰는데 후원의 밤 준비 팀도 와 있고 거기 맑음이도 있었다. 나는 최종 면접을 기다리고 있는 종학 선배에게 갔다.

"오빠. 그동안 너무 고생했어. 너무 후련하다."

"혜수야… 소식 못 들었어?"

"무슨 소식?"

"너, 수료 못 한대"

"무슨 말이야?"

"나도 잘 모르겠어. 어떻게 된 건지. 간사님한테 얘기 들은 거 없어?"

"난 들은 거 없는데?"

나는 고등학교 때부터 봉사활동을 했었고 대학교 1학년 때부터 임원처럼 활동해 왔다. 가장 많은 스터디를 운영했고 재단의 전임 간사님들보다도 양성한 스터디 그룹이 많았다. 봉사 시간이 페이 간사님들과 견주어도 뒤지지 않았다. 특히 4학년 내내 취업 준비를 미루고 봉사활동과 후배 양성하느라 정말 고생했다. 그걸 굳이 내세울 생각은 없지만 부끄러울 일은 조금도 없었다. 전국 수련생 중에서 한 명만 수료를 한다면 그게 나였으면 나였지 문제가 있을 리가. 스터디 리더 활동도 하지 않은 종학 선배도 수료를 하는데 내가 왜? 사람들 표정이 굳고 다들 충격 받은 표정이다. 그 자리에 있기가 싫고 자초지종도 모르는데 환멸이 났다. 나는 다짜고짜 밖으로 나와 빠르게 걷기 시작했다. 허무감이 몰려왔다. 내가 그동안 뭘 한 거지?

"누나! 잠깐만요. 누나 괜찮아?"

맑음이가 따라 나왔다. 눈물이 왈칵 쏟아졌다. 이유를 알아야겠다. 놀이터 그네에 앉아서 마음을 가라앉히는 동안 맑음이는 아무 말도 없이 옆에 앉아 있었다. 다시 생각이 돌아가기 시작했다. 생각을 정리하느라 동아리에 안 나가는 며칠 간 많은 사람에게서 연락이 왔다. 뭔가 잘못됐을 거라고 나는 자격이 충분하다고.

3일 뒤 담당 간사님을 찾아가서 이유가 뭐냐고 물었다. 내가 정기 후원을 3개월 동안 하지 않아서란다. 봉사활동 지도자는 수련하는 2년 동안 일정한 봉사 시간과 스터디 활동, 강의 시수, 수강 시수 등을 채워야 하는데 그 모든 것을 다 했어도 일정한 비용의 봉사자 후원을 지속적으로 해야만 인정을 받는다. 그건 당연히 중요한 부분이라고 생각한다.

학생들은 용돈을 쪼개어 박봉의 간사님들을 후원했고 어차피 봉사활동도 후원금을 모집해서 가는 거였고 재단에서도 구조적 후원을 하기 때문에 물질적 후원 여부는 중요한 검증 절차이기도 했다. 금액이 얼마든 다른 사람을 한 번도 후원하지 않은 사람보다는 한 사람이 신뢰를 얻겠지. 하지만 난 후원을 끊은 적이 없다. 아르바이트비를 받으면 반드시 먼저 후원금을 떼고 어떤 간사님을 후원하는지 봉투에 따로 적어서 센터에 갈 때마다 후원금 함에 넣고 왔다. 그리고 수료가 이제 코앞인데 내가 후원을 안 할 이유도 없고.

"저는 한 번도 후원을 거른 적이 없습니다."

다이어리를 꺼내서 조목조목 메모를 보여주며 후원금을 냈다고 담당 간사님께 차분하게 말했다. 간사님은 장부를 보여주며 후원금이 7월을 마지막으로 끊겨 있다고 했다. 나는 10월 첫 주에 4개월 치를 같이 냈다. 내용을 보니 7월에 낸 금액이 7월에서 10월까지의 후원금을 모은 금액과 일치했다. 4개월 치가 7월에 몰려 있었다. 7월에 C가 떠나고 정신이 없었고 계속 센터에 못 와서 10월에 몰아서 냈었다. 내용을 정리해서 봉투에 적어서 냈는데 내가 적은 내용이 사라진 것이다. 그렇다고 이걸 확인도 없이 안 낸 걸로 할 수 있나?

"매달 낸 한 달 치 후원금이 적어서 그게 결격 사유라면 전 더 할 말이 없습니다. 저는 제 식비를 아껴 가면서 반드시 후원금은 떼고 생활했고 그것보다 더할 수는 없습니다. 하지만 매달 내지 않았다는 것은 말도 안 되고 넉 달 치가 한꺼번에 기입된 이유가 뭔지는 모르겠지만 저는 한 달에 이만큼씩은 후원할 형편이 못 됩니다. 정기 후원자만 수료 자격이 있다는 원칙이 혹시 후원금 액수 때문인가요? 아니면 꾸준한 마음 때문인가요?"

사실은 이런 저런 감정들이 휘몰아쳐서 덜덜 떨렸는데 할 수 있는 말은 다 했다. 재정 담당 간사님은 나를 7년 째 봐온 분이다. 지난 기록의 일관성이 내 주장과 일치했고 신뢰가 깊었기 때문인지 이 일은 행정 처리상의 실수로 처리됐고 나는 다시 수료 자격을 회복했다.

집에 돌아와 침대에 누웠는데 생각이 너무 복잡했다. 미리 나를 불러 물어볼 수는 없었을까? 일이 왜 이렇게 흘렀지? 봉투가 왜 사라졌지? 수료 자격이 회복됐어도 실망감과 상실감이 남았다. 사람들에 대해서 조직에 대해서 소문과 구설수가 사실이 되는 것에 대해서….

그때 생각났다.

생각 안 났으면 더 좋았을까?

27
의
심

    10월 첫 주 토요일, 센터에 들렀을 때 거기 기영이가 있었다. 기영이는 원래 프랑스 스터디 때문에 토요일마다 센터에 가니까 하나도 이상할 일이 아니었다. 나는 오랜만에 과 친구들과 약속이 있어서 빨리 가야 하는데 후원금 함이 자리에 없었다. 간사님이 정산을 위해 가지고 가셨다고 했다. 그래서 기영이에게 전달해 달라고 부탁했다. 아니다. 기영이가 먼저 그렇게 하라고 했다. 봉투 겉면에 내가 정리한 내용이 써 있었다. 세 명을 위한 후원금 4개월 치라서 내용이 길었다. 어디 떨어졌으면 누구라도 알아봤을 것이다. 기영이가 그 봉투를 버렸을까? 왜? 그런데 봉투가 없어졌다잖아. 실수로 버렸나? 그런데 왜 안 나서 줬지? 내가 의심할 거라는 생각을 못 하나? 아니야. 나도 그 일을 잊고 있었는데, 기억이 안 났겠지. 왜 기억을 못하지? 그때 무슨 일이 있었나?

아…!

도서관 앞.
쭌 오빠와 나와 맑음이.
〈속 깊은 이성 친구〉.
계단 아래서 찡그리고 바라보던 눈빛.
기영이의 표정.

맑음이와 나를 바라보던 눈빛이 생각났다. 그 주 토요일이었다. 내가 기영이에게 봉투를 맡겼다. 그리고 며칠 뒤 나에게 자기가 후원금 관리를 해 주겠다고 제안했다. 설마….

갑자기 기영이가 어떤 애인지 전혀 모르겠다. 설마 맑음이 때문에? 센터를 오가면서 내가 결격 판정 난 사실을 언제 알았을까? 내 후원금 관리를 맡겨도 될까? 아니야. 오해일 거야. 의심하지 말자. 기영이는 나랑 친한 애야.

혼란스러운 주말이 지나고 학교에 갔는데 다솜 셰어하우 의 은희가 만나자더니 뜬금없이 기영이를 잘 챙기라면서 스터디 어떻게 돌아가는 거냐는 말을 했다. 기영이를 내가 왜 챙겨? 왜 갑자기 이런 얘기가 나온 거야? 황당해서 종학 선배와 얘기를 해봤다. 내가 잠적한 동안 기영이가 선배들 한테 나와의 관계가 힘들다는 하소연을 했단다. 며칠 전에 만나서 후원자 관리하겠다고 제안한 애가 나랑 관계가 힘 들다니.

"걔가 아직 어려서 그러니까 너가 잘 감싸주고 좀 잘 해 줘라."

미나짱을 만나봤다.

"미나짱. 너 알고 있었어? 기영이가 너한테도 내 얘기했어?"

"언니 걔 원래 뭐에 꽂혀서 삐치면 답 없어. 나도 기영이랑 친한 줄 알았는데 완전한 자기편이 아니면 좀 이상하게 굴어. 내가 밤에 알바 하고 늦게 자서 동아리 아침 모임 못 가면 나만 특권 있는 것 같다면서 상처받는 애라니까. 왜 나만 늦잠 자냐고 얘기하다가 울어. 왜 우는 거야. 대체."

"너 아침 모임 안 오고 늦잠 잔다고 울어? 왜 울어? 은희가 뭐라고 안 해?"

"그 언니는 기영이랑 친해진 지 1년도 안 됐잖아. 기영이가 자기 편한테 잘 하고. 기영이 하는 말 그대로 다 믿어. 근데 나에 대해 거짓말 하나? 좀 이상하긴 해. 아, 짜증나. 내가 뭐 내 맘대로 사는 거 같아 보이고 그런가 봐. 근데 내가 그런다고 쳐도 지가 뭔 상관이야 진짜. 지난번에 우리 집안 얘기 했을 때 그때도 뭐 자기만 상처 없이 컸다고 그게 상처가 되고 소외감 느낀다고 집에 와서 엄청 울었어~!"

"상처 없다고 상처를 받았다고?"

셰어하우스 다숨 근처 가로등 아래서 미나짱과 기영이 욕을 한참 하다가 헤어졌다. 태어나서 누구 욕을 그렇게 뒤에서 속 시원하게 한 건 처음이었다. 봉투 얘기는 확실하지 않아서 하지 않았다.

❀ ❀ ❀

초등학교부터 대학교까지 같은 학교 같은 교회를 다닌 여자애가 있었다. 친하게 지냈었는데 중학생 때부터 내 성적을 물어보고 다니고 나랑 친한 친구만 생기면 꼭 그 친구랑 친해지고 내가 누군가를 좋아하면 꼭 그 사람이랑 친해진 다음 나에게 와서 자랑하고 그랬었다. 뒤에서 없는 말 지어내고. 그럴 때마다 나는 아무 대응도 안 했었다. 뒤에서 남 얘기 하는 것도 정말 싫어했고 아무것도 모르는 척하는 게 더 마음 편했다. 그 친구랑은 이제 만날 일도 없고 마주칠 일도 없다. 거짓말들은 시간이 지나면 해결됐고 결국 그 애는 친구들에게 외면당했다. 그런다고 기분이 좋아지진 않았다. 그게 날 위해 최선이었을까?

모른 척하고 대하면 기영이랑 괜찮아질까? 기영이가 무섭다는 생각마저 든다. 이걸 나만 알다니… 그런데 내가 말

한다고 사람들이 믿을까? 저렇게 싹싹한데?

28

가
로
등

한글학교 후원자의 밤 행사가 코앞으로 다가왔다. 내가 뭘 의심하는지 뒤에서 무슨 말을 들었는지 기영이는 모른다.

"언니! 후원자의 밤 장소 세팅도 맑음이가 도와준대."
"어, 그래. 잘 됐네. 고마워. 맑음아."

기영이는 밝은 얼굴로 맑음이와 동아리방에 함께 있었다. 다과부터 장소 세팅까지 함께 하면 행사 내내 붙어 있겠다. 마음이 불편하다. 저렇게 천연덕스럽게 아무렇지 않게 나

를 대하는데 난 이제 곧 졸업이고 봉사자 대표고 행사 책임
자인데 다른 방법이 뭐가 있을까. 나 역시 아무렇지 않게 기
영이를 대했다. 뒤에서 욕한 게 찔리기도 했고… 맑음이와
기영이가 있는 곳에 오래 있어야 좋을 것 같지 않다. 난 약
속이 있다고 말하고 바로 밖으로 나왔다. 맑음이가 따라 나
온다. 넌 정말 나랑 다르구나.

"누나! 어디 가요?"
"알바하러."
"밥 먹었어요? 같이 밥 먹고 가요. 내가 데려다 줄게."
"아니야 너 들어가. 이따 모임 오려면 나 지금 바로 가야
돼."

맑음이에게도 기영이에게도 할 수 있는 말이 하나도 없
다. 아르바이트하러 간다는 것도 거짓말이다. 맑음이랑 있
으면 기영이에게서 또 다른 말이 나올 것 같다. 분명히 맑음
이와는 상관없는 다른 말을 해서 대놓고 따질 수도 없게 만
들겠지. 불확실한 맑음이의 마음보다 확실한 기영이의 미
움이 더 두렵다. 두렵다기 보단 귀찮고 이런 복잡한 일 겪기

싫다.

　그때 H한테서 연락이 왔다. 지난번에 셋이 있다가 그냥
돌려보내고 처음 온 연락이다.

　"누나. 행사 때 사진 찍어줄 사람 필요해?"
　"그걸 어떻게 알았어?"
　"지난번에 서울 갈 때 기차에서 민하 누나 만났는데 할 수
있으면 연락하라고 하던데."
　"…."
　"내가 찍어줄게."
　"너 그런 행사도 싫어하고 인물 사진도 안 찍잖아."
　"풍경이라고 생각하고 찍지 뭐. 최종 준비 언제야?"
　"사진만 찍는 거니까 바쁘면 준비 모임은 안 와도 돼."
　"갈게."

　최종 준비 모임은 학교 앞 카페다. 시간이 되어 가 보니
기영이가 혼자 먼저 와서 긴 소파 자리에 앉아 있었다.

"언니! 여기야."

기영이 쪽에서 반갑게 대하니까 차라리 마음 편하다. 장
단 맞추는 거야 쉽지. 나도 반갑게 인사를 하고 기영이 맞은
편에 입구를 등지고 앉았다. 복잡한 머리로 즐거운 척, 대답
만 하고 있는데 맑음이가 도착했는지 기영이 표정이 환해진
다. 난 돌아보지도 않았다.

"맑음아!"

맑음이가 다가오는 동안 기영이가 또 자리를 옮기며 자기
옆자리에 자리를 만들었다. 내 옆에 섰다가 기영이 때문에
맑음이가 주춤하는데 뒤따라 들어온 H가 바로 내 옆에 털
썩 앉아 버렸다. 맑음이는 또 어정쩡하게 기영이 옆에 가 앉
았다. 그러니까 차라리 마음이 편했다. 맑음이는 자꾸만 눈
을 마주치는데 난 되도록 눈을 피하면서 회의를 했다. 회의
가 끝나고 같은 아파트 단지인 기영이와 맑음이가 같이 집
에 가고 난 H와 집에 갔다.

"누나 기영이 누나랑 괜찮아?"

"어? 괜찮지… 왜?"

"나 누나 찾으러 동방 되게 자주 갔었어."

"근데?"

"동방 소파에서 자는 척하면 별 얘기 다 들어."

"그냥 자든가 자는 척을 왜 하나?"

"누나. 사람들 누나처럼 착하지 않아."

"…"

H 눈에는 내가 착한가? 난 애한테 나쁜 사람 아닌가?

"내가 어릴 때 시골로 전학 가서 살다가 서울로 다시 와서
학교 다니고 다시 여기로 학교 다니면서 알게 된 게 딱 하나
있어. 착한 사람 알아보는 거. 근데 착한 사람들은 친해지려
면 너무 답답해. 세상 사람들이 다 자기 같은 줄 알아. 보기
가 참 힘들어. 멍청한 건지 착한 건지. 누나가 잘 해준다고
다 고맙게 생각하는 거 아니야."

나는 멀뚱히 H를 쳐다봤다.

"누나 가로등 효과라고 알아?"

"가로등?"

"사람들이 깜깜한 곳에서 열쇠를 잃어버리고선 계속 밝은 가로등 밑에서만 열쇠를 찾는 거야. 열쇠는 깜깜한 곳에 있는데, 그러니까 맨날 자기가 하던 노력만 하는 거지. 뭘 해결하고 싶으면 안 하던 것도 해 봐야 하는데. 보던 것만 보고 해 봤던 노력만 하면서 열쇠가 안 찾아진다고 자긴 노력 많이 했다고 힘들어하고 불평하고 열쇠는 못 찾고. 그게 가로등 효과야. 내가 볼 때 누나는 항상 하던 노력만 하고 그걸 남이 알아줄 거라고 믿어. 아니 안 알아 줘도 상관을 안 해. 그게 무슨 신앙심 같은 건지는 몰라도 하나님도 그런 걸 좋다고는 안 할 걸? 아니 바보가 되려고 작정했나 봐. 왜 맨날 남 뒤치다꺼리 하느라고 자기 시간이 없어? 자기를 위해서도 좀 살아. 봉사하고 교회 가고 학점 관리하고 그게 재밌어? 가요제도 기껏 예선 다 봐 놓고 동아리에서 갑자기 행사 잡은 거에 밀려서 바로 포기하고 사생활도 없어? 열쇠를 전하러 외국에 간다면서 누나를 위한 열쇠는 있어?"

"넌 깜깜한 곳에서도 찾아 봤어?"

"난 항상 깜깜한 곳에서 먼저 찾았는데 이제 밝은 곳에서도 좀 있어 보려고."

"왜 마음이 변했어?"

"열쇠를 찾는다고 내 열쇠 되는 것도 아니고."

미안하다. H.

"너 이런 행사 싫어하는데 웬일로 도와주겠다고 하냐."

"누나가 억지로 조르는 사람 아니니까 하는 거야. 그리고 나 이제 동아리 안 올 거야."

"원래 잘 안 왔으면서."

"왜~ 1학기 때는 잘 왔어. 그리고 영우 형 스터디도 한 번도 안 빠졌어."

"… 고마워."

"미안하단 말보단 낫네."

H가 우리 동네에서 버스타고 간 후, 바로 재정 담당 간사님께 전화를 걸었다.

"간사님. 제 후원금 봉투요. 혹시 누구한테서 전달 받으셨어요? 후원금 함에 있었나요?"

"아! 그거, 기영이한테 받았지. 너네 스터디 멤버라서 내가 확실히 기억해. 7월 후원금인데 너가 정신이 없어서 늦게 내는 거라고 늦었어도 봐달라고 따로 얘기도 했었어. 10월인데 7월 후원금 늦게 내는 거라고 설명을 해주려고 애쓰더라고."

"아. 7월 후원금을 10월에 늦게 내는 거라고요. 네, 감사합니다."

기영이네 집 앞으로 다시 가서 기영이를 불러냈다. 여전히 밝은 표정인데 정말 달라 보인다.

"기영아. 나 후원금 관리 우리 교회 언니한테 맡기려고. 내 후원자들이 거의 우리 교회 사람들이고 그 언니가 은행원이라 이런 일도 잘 하고 그리고 먼저 약속도 돼 있었어."

"왜? 내가 해 줄게. 내가 얼마나 많이 준비하고 있었는데 언니 후원자 편지도 관리하고 언니 후원자들한테 보낼 카드 같은 것도 만들고. 그땐 나보고 고맙다며."

나는 기영이를 잠깐 바라봤다. 나한테 바보냐고 묻던 H를 생각했다. 어두운 곳으로 가자. 기영이 눈을 똑바로 보고 말했다.

"너는 봉투 관리를 잘 못하는 것 같아서."

29
어둠 속에서

 갑자기 머리를 염색하고 싶어졌다. 내가 염색을 하겠다고 하니까 언니는 웬일이냐며 미용실로 오라고 했다. 언니는 혼자서 미용실을 운영하는 상당히 실력 있는 원장님이다. 나랑 외모, 성격, 가치관 모든 면에서 하나도 안 닮은 언니에게 난생처음으로 염색 한번 안 해본 머리를 맡겼다.

 "아, 진짜 머리숱 너무 많아서 토할 거 같다."

 언니는 투덜거리면서도 정성스레 염색을 해 줬다. 보수적인 내가 하도 엄살을 부려서 가장 어두운 색으로 했지만 푸른빛이 돌 정도로 검은 머리로만 살던 내 눈에는 짙은 갈색도 너무 낯설다.

"오! 달라 보이네. 고마워~!"
"머리에 손도 못 대게 하더니 뭔 바람이냐."

저녁에 모임이 있어서 다시 학교에 가야 했다. 거리에 은행나무 잎이 가득 떨어져서 가로등빛 밝은 학교 앞 거리가 다른 세상 같았다. 발을 디딜 때마다 폭신했다. 학교로 걸어가는 내내 맑음이 생각이 났다. 맑음이를 피할수록 더 많이 생각난다. 그날 회의 이후 연락도 못하고 있었다. 맑음이에게서 계속 메시지가 왔는데 내가 별 답장을 안 했다. 그냥 우연히 마주치면 좋겠다.

멍하니 걷다보니 벌써 교문까지 왔다. 교문 들어가기 직전까지 이어진 가로등 밑을 지나는데 사람들이 정말 많았다. 이어폰을 꽂고 있어서 사람들 목소리는 안 들렸다. 가로등 바로 아래를 지나가느라 주변이 환해졌을 때 이쪽으로 걸어오는 맑음이와 눈이 마주쳤다. 이 수없이 많은 우연은 어떤 의미일까. 표정이 걱정하는 것 같으면서 복잡해 보인다. 내 옆을 스쳐 가는데도 내가 안 멈추고 그냥 지나갔다. 지금 멈추면 무언가가 많이 변할 것 같다. 가로등 불빛을 벗어나 다시 주변이 어두워지고 두 걸음 더 걸었을 때 맑음이가 뒤에서 내 오른쪽 팔을 슬며시 잡았다. 시간이 천천히 흐르는 것처럼 묵직하게 느껴졌다. 돌아서 맑음이의 손을 보다가 고개를 들어 맑음이를 봤다.

"누나, 내가 미안해요."
"….."
"연락 좀 받아요."
"아, 아니야. 그런 거."

방금 맑음이가 가로등 그늘에서, 어둠 속에서 나를 발견한 걸까. 다른 방법을 찾은 건가?

밤에 맑음이와 통화를 했다.

"누나는 주변 사람들을 편하게 해 주는 사람이에요."

편하다는 말이 무슨 뜻인지 생각하다 잠이 들었다.

30

추운
계절

11월이 되었다. 공기가 차가워졌다. 이른 아침에는 코끝이 쨍하다. 11월 2일은 춥고 바람이 불고 날이 흐렸다. 동방에 앉아서 과자 먹으면서 떠들고 있는데 맑음이와 같이 사는 영우가 책을 한 권 뒤적였다. 무슨 책이냐니까 맑음이한테 선물하려고 샀단다. 어떤 목사님이 수녀님을 사랑하게 돼서 결혼한 얘기란다.

"그걸 왜 맑음이한테 줘?"
"맑음이. 요즘에 불가능한 사랑 이런 거에 관심 엄청 많아요. 도대체 누굴 좋아하길래. 여자들한테 인기도 많은데 집에도 일찍 들어오고 갑자기 교회도 열심히 다니고 변했어. 1학기 때 생각하면 애가 이상해졌어."

3일은 날씨가 맑았다. 아르바이트를 하려고 도서관 장서실로 올라가는데 맑음이가 1층 컴퓨터 앞에서 어떤 여자애와 얘기하고 있다. 심장이 콩닥거린다. 나와 눈이 마주치니까 표정이 확 밝아진다.

"맑음아. 이거."

"어? 내가 사려고 했던 책인데, 고마워요. 누나, 지금 알바가요?"

"응."

"그럼 책만 옮기나? 반납 도서는 안 받아요?"

"그건 가 봐야 알아. 왜?"

"아니, 아무튼 이따 봐요."

"이따? 어, 응."

장서실에서 잠깐 메일을 확인해 보니 맑음이에게서 답장

이 와 있었다. 컴퓨터 할 시간 있나 물어보려고 반납 도서 받는지 물었구나. '혜수야, 안녕~'이라고 시작했다. 어제 그동안 내가 보낸 메일을 처음 읽었다고 했다. 연락 피하던 날마다 써서 차곡차곡 쌓아 뒀던 메일들… 주말에 영화도 보고 공연도 보러 가자는 말이 적혀 있었다.

'지난번에 속상해 보여서 마음이 너무 안 좋아요. 내가 보기엔 누나가 선배들 중 가장 멋있어요.'

맑음이가 나에게 하는 말을 들으면 내 마음이 너무 모순적이라는 생각이 든다. 나를 어떤 감정으로 좋아하길 바라는 건지 모르겠다. 편안하다는 말이나 멋있다는 말은 어떤 의미일까. 선배로서 좋다는 거겠지. 그런데 그렇게 생각하면 기분이 그저 그런 것 같다. 날 연인으로서 좋아하길 바라자니 너무 많은 것이 변해야 하고 친한 선배로서만 대하길 원하는 건가 생각해 보면 그건 아닌 게 확실하다. 맑음이와 나만의 공간이 점점 커지고 있는데 그걸 버리기 싫다. 가로등 없이 깜깜한 곳에서 헤매야 한다고 해도.

H 말대로 나는 문제가 있는 것 같다. 다르게 살 수 있을까.

여전히 홀에서 기다리고 있는 맑음이를 만나 같이 집에
갔다. 맑음이가 귤을 샀다. 작고 껍질이 얇고 말랑했다.
올해 들어 처음 먹는 귤이라니까 '아저씨, 올해 처음 먹는 귤
이라는데요.' 이런다. 과일 가게 아저씨가 그럼 더 먹어야
한다면서 더 주셨다. 내가 먹으면서 얘기하는 동안 맑음이
가 계속 귤을 까줬다. 손 시리니까 까지 말라고. 손이 시리
기는, 해가 이렇게 좋은데. 누난 그냥 먹기만 해요. 작게 말
하는 맑음이는 목소리가 정말 나지막하다. 동굴에서 말하
는 것처럼 웅웅 울린다.

"누나는 눈이 갈색이네요?"
"응. 지금 해가 나서 더 그래 보이나봐."
"처음 본 날 딱 눈에 띄었어."
"거짓말하지 마. 처음에 누가 그렇게 자세히 보니?"
"관심 있으면 자세히 보는데."
"그날 인사도 안 했는데."
"선배들은 다 먼저 와서 인사하는데 누나는 쳐다보지도

않길래, 이쁜 누나는 튕기는구나. 했지."

맑음이는 그날 가로등 그늘 아래서 열쇠를 찾았나 보다.

"주말에 만날 거죠? 영화 보러 가는 거다?"
"음, 그래!"

집 앞 큰길에서 헤어지고 좀 가다가 뒤를 돌아봤는데 맑음이도 날 돌아봐서 한참 보다가 손을 흔들고 집에 왔다. 기분이 좋으면서도 누군가에게 들킬 것 같아서 겁도 났다. 차라리 빨리 종강하면 좋겠다. 맑음이가 집에 가면 전화한다고 했다. 내 방 침대에 앉아서 붕뜬 기분을 가라앉히는 중에 성운이에게서 전화가 왔다.

"영화 보여줄게. 나와라."

성운이는 초등학교 때부터 친한, 영화친구다. 원래 미리 약속 안 하고 이런 식으로 연락해서 갑자기 영화를 보곤 했다. 그런데 맑음이랑 보기로 한 영화를 보자고 한다. 항상

같이 영화를 봤기 때문에 뭐라고 핑계를 대야 할지 모르겠
어서 알았다고 했다. (왜 그랬을까.) 나갈 준비를 하고 극장으
로 가는 길에 공중전화로 맑음이에게 전화했다.

"맑음아. 미안해. 너랑 보기로 했는데. 이 친구가 이 영화
보자고 할 줄 몰랐어."
"아… 알겠어요."
"화났지."
"좀 화는 났는데 괜찮아요."

영화 보는 내내 미안한 마음에 집중이 안 됐다. '아 이제
안 그러려고 했는데, 다 무효가 되면 어떡하지. 다시 어색
해지면 어떡하지?' 계속 그런 생각만 들었다. 성운이는 내
가 정신없는 소리를 해도 대충 알아듣는다. 어떤 여자가 같
이 영화보자고 했다가 다른 사람이랑 보러 간다고 연락하면
어떨 것 같냐고 물어봤더니 다신 얼굴 안 본단다. 그 정도로
화나냐니까. '당연히 짜증나지. 나 같으면 연락 끊었어.' 엄
청 느긋하게 말한다. 망했다.

"근데 괜찮다고 해? 성격 되게 좋네. 걔랑 봤어야지. 왜 그랬어. 융통성 좀 가져라. 쑤야. 나한테 못 본다고 말하면 되지. 그런다고 하늘 안 무너져."

집에 오는 내내 그리고 씻는 동안에 계속 성운이가 한 말을 생각했다. 난 왜 맑음이를 위한 선택은 절대로 하지 않는 걸까. 난 왜 이전의 규칙들을 이렇게 소중히 여기는 걸까. 씻는 동안 맑음이에게서 전화가 왔단다. 너무 늦게 확인해서 다시 전화 못 하고 계속 기다렸다. 전화가 안 온다. 음성도 없다. 이렇게 끝나는 건가. 이번엔 왜 이렇게 조바심이 날까. 메일을 썼다. 화가 났어도 궁금하면 메일함을 뒤지겠지.

'미안해. 공연은 꼭 보러 가자.'

31

조
바
심

첫사랑의 반대편에는 왜 죄의식이 있을까? 굳이 없어도 되었던 사람을 이렇게 내 삶에 들이고 싶은 이유가 뭘까? 그리고 설명이 안 되는 죄책감. 고등학교 때 읽었던 헤르만 헤세의 〈수레바퀴 아래서〉가 생각난다. 부모님과 교회와 학교가 시키는 대로 살다가 방황하다가 주인공이 자살하는 내용이었다. 난 주인공이 왜 죽어야 했는지 이해가 안 갔었다. 주인공의 삶에 다른 길로 들어서라고 손을 이끄는 매력적인 사람이 있었다면 그는 죽었을까? 애꿎은 죄책감도 감당할 만한 욕망이 있었다면 죽지 않고 이전과 다른 삶을 시도해 볼 수 있었을까? 사랑에 빠져 학교와 교회를 벗어났다면 그건 구원일까. 타락일까.

  내가 내 감정과 욕구에 솔직한 것만으로도 누군가가 행복할 수 있다는 걸 왜 이전에는 아무도 나에게 말해주지 않았을까? 왜 내가 올바르고 착해야만 사랑받을 수 있다고 생각했을까? 올바른 건 뭘까? H말이 맞다. 이런 삶은 재미가 없다. 그동안은 내가 재밌게 사는 줄 알았다. 자유롭게 살고 있는 줄 알았는데 애초에 모든 걸 선택하는 내 기준 자체가 내가 원했던 기준이 아니었던 것 같다. 잘 굴러갔던 삶의 수레바퀴가 갑자기 삐그덕거리기 시작한다. 순종이 수레의 동력이었다면 사랑은 소풍을 떠나게 하는 이정표와 같다. 나는 항상 직진만 했었다. 그런데 이 감정이 자꾸만 다른 곳을 가리킨다. 이제까지는 다른 길로 가는 것은 규칙 위반이었다. 그러면 죽을 것만 같았다. 그런데 멈춰 있는 것은 더 싫다. 소풍을 가려고 했는데 내가 너무 능장을 부려서 이정표가 사라져 버렸을까봐 마음이 조급해 진다.

❀❀❀

11월 6일 금요일

동아리방에서 마주친 맑음이는 좀 화가 난 표정이었다. 불안하다. 무슨 일이 있냐고 왜 표정이 안 좋냐고 물었다. 염치없이 뻔뻔한 나에게 맑음이는 다시 다정한 얼굴을 보여 줬다. 맑음이는 왜 변덕스러운 나에게 질리지 않을까? 오늘 다른 영화를 보자고 말하고 같이 밖으로 나왔다. 막상 둘만 있으면서 중요한 얘기만 피하려니까 자꾸만 긴장이 된다. 이제는 우리 관계의 이야기가 아닌 다른 어떤 얘기도 떠오르지 않는다. 하지만 어떻게 얘기를 꺼내지? 한국말을 다 잊어버린 느낌이다.

당황한 나는 빨리 영화관에 가자고 했다가 가는 길에 다시 안 본다고 했다가 밥을 먼저 먹자고 했다가 다시 다른 날 보자고 했다가 커피를 마시자고 했다. 누가 날 볼 것 같았다가 그게 상관없었다가 차라리 제대로 다른 날 다시 길게 만나는 게 좋겠다고 생각했다가 대화를 나눠야겠다는 결론을 내린 것인데, 생각이 바뀔 때마다 결과만 말해서 분위기가 점점 난장판이 됐다.

나는 항상 생각이 너무 많다. 그걸 다 전달할 자신이 없어서 어릴 때는 말도 잘 안 했다. 생각이 너무너무 복잡하고 이유가 다 있었지만 나중까지 생각하면서 나 혼자 모든 것을 감당하느라 의견이 잘 전달되지 않았다. 내 일방적인 배려 때문에 입 밖으로 나오는 건 늘 한두 마디였다. 맑음이에겐 특히 그랬다. 쓸데없는 수다일 때만 길게 유창했다. 생각해 보니 H에겐 어떻게 말해도 편했던 것 같다. 맑음이라서 더 긴장하는 걸까. 오늘은 긴 대화를 못하겠다.

"맑음아. 그냥 밥 먹으러 가자."

맑음이가 걸음을 멈춘다. 한숨을 쉬더니 첫마디를 꺼낼 듯 말 듯 하다가 겨우 입을 뗀다. 화를 참는 것 같다. 정말 망했어.

"누나, 나랑 영화 보기 싫어요? 그리고 원래 이렇게, 이래요?"
"미안. 그런데 그게 내가 영화 보기 싫거나 억지로 그런 건 아니고."

내가 평소에 잘 가던 JUMELL에 가서 은은한 조명 아래 분홍색 체크무늬 식탁보가 깔린 테이블에 앉아서 바구니에 담긴 마늘빵을 접시에 옮겨 담으면서 '내가 그렇게 하고 싶은 말을 다 하고 하고 싶은 대로 다 하는 성격이 아니다. 내가 요즘에 엄청 용기를 내면서 살고 있다. 용기를 더 내는 게 맞는 건지 잘 모르겠다.' 그런 추상적인 헛소리에 가까운 얘기를 더듬더듬 건넸다. 좀 더 깊은 얘기를 나누려고 했는데 고등학교 1학년 담임 선생님 가족이 들어와서 우리 근처 테이블에 앉는 바람에 운만 띄우다 말았다. 아 정말 이 동네는 왜 이렇게 좁은 거야. 맑음이는 이게 어떤 기분인지 모르겠지. 얘는 내 말을 알아들었을까? 아무튼 다음 날인 토요일에 공연을 보러 가기로 했다.

"그럼 내가 집에서 출발할 때 전화하고 누나 집으로 데리러 갈게. 같이 가요."

❀ ❀ ❀

11월 7일 토요일.

일찍 일어나서 준비 다 하고 기다렸는데 12시가 넘도록 전화가 오지 않았다. 갑자기 다 취소된 것 같은 기분. 어제 화가 났구나. 집에 가서 생각해 보니 열 받았나? 또 갑자기 둘이 확 멀어져서 며칠 연락을 안 하다가 종강하고 난 졸업해 버리겠지. 이제 끝난 건가. 힘이 쭉 빠지고 뭘 해도 재미가 하나도 없다. 단 몇 분 만에 상상이 지구 종말까지 갔을 때쯤 전화가 왔다. 농구하고 왔다고 12시까지 오겠다고. 통화를 하자마자 기분이 좋아지면서 흥얼거리면서 마음이 설레기 시작한다. 기분이 머리 위에서 둥실둥실 떠다닌다. 오늘의 옷과 머리 모양은 나중에 나이 들어도 기억날 것 같다. 대문을 나서니까 맑음이가 서서 웃고 있었다.

가는 길에 우리 언니와 언니의 남자 친구 얘기, 중고등학교 때 얘기, 친한 친구들 얘기를 했다. 나에 대한 얘기가 술술 나왔다.

"누나는 친한 남자가 왜 이렇게 많아."

"넌 친한 여자인 친구 없어?"

"나랑 친해지려고 하는 여자는 많았지."

"왜?"

어이없어하는 맑음이.

나는 마음이 편하면서도 너무 긴장이 돼서 농담을 더 많이 했다. 공연이 끝나고 후지 우동에 갔다. 날이 쌀쌀해지고 있었고 식당 내부는 노란 조명과 목조 장식으로 따뜻한 편안한 분위기였다. 우린 나무 기둥으로 둘러싸인 독립된 테이블에 앉았다.

맑음이를 처음 만났던 3월 2일에 단발이던 머리는 길게 자라서 등을 덮었고 그날 입었던 외투를 다시 꺼내 입는 계절이 됐다. 처음 얘기를 나누던 교생실습 마치던 날의 무심한 편안함은 긴장과 설렘으로 변했다. 맑음이는 어깨가 넓었고 항상 허리를 반듯하게 세우고 앉았다. 둥글게 한지로 감싼 조명의 노란 빛이 반사되어 맑음이와 나의 눈이 반짝거렸다. 맑음이는 나와 비슷한 눈을 가졌다. 그 테이블에 앉아서 나를 바라보는 맑음이의 시선을 느끼면서 맑음이와 이야기하는 시간이 좋았다. 맑음이는 나와 얘기하면서 계속 김밥에 있는 햄을 빼내고 거기 김치 조각을 다시 채워서 내 접시에 옮겨 줬다. 고기 얘기를 하다가 술 얘기도 나왔다.

"누나 술 아예 못 마셔?"
"아니야 마셔. 이만큼은 마실 수 있어."

난 엄지와 검지손가락으로 한 2센티 정도의 공간을 만들어 보여준다. 맑음이가 어이없다는 듯이 웃는다.

"미치겠다. 누나 왜 이렇게 순진해요."
"순진한 게 아니고 술을 못 먹는 거야. 순진하진 않아 전혀!"

더 어이없어한다.

"안 순진한 게 뭔데"
"뭐, 실습만 남았다고 할 수 있지."

"실습? 무슨 소릴 하는 거야. 남긴 뭐가 남아."

미간에 주름잡고 한참을 어이없어하면서 웃는 맑음이.

"너는 인기 많다면서 왜 여자 친구를 안 사귀는 거야?"
"사귈 수 있을 것 같았는데 걸림돌이 있어서요."
"그럼 걸림돌 없어지면 당장 사귈 수 있어?"
"응."
"당장? 뭐 시간을 더 두고 보는 것도 아니고?"
"당연하죠."
"그럼 그런 걸림돌을 왜 신경 써?"

맑음이는 뭔가 생각에 잠깐 잠기는 것 같다.

"누나 내 친구 준기 알지. 준기 여자 친구가 맨날 준기한테
내 얘기를 한대. 둘이 만나면 맨날 나한테 만나자고 연락하
거든. 근데 내가 절대 안 나가거든. 그러면 맨날 준기 여자
친구가 내 욕을 한대. 준기 말로는 걔가 나 좋아하는 거 같
대."

"둘이 사귀는 건 맞아? 남자친구 두고 왜 너를 좋아해? 너 좋아해서 준기를 사귀나? 근데 뭐라고 욕을 해?"

"내가 바람둥이라고. 아니 뭘 끄덕거려! 나 바람둥이 아니야. 그냥 지어내서 헐뜯는 거야. 아무튼 준기가 걔한테 나 좋아하는 사람 있으니까 포기하라고 말했대. 학교에서 만나면 셋이 같이 놀다가도 내가 계속 다른 데 가니까 준기 여자 친구가 되게 싫어해."

"너를?"

"누나를."

맑음이가 날 본다.

"?"

안 그래도 계속 몇 시간 동안 심장이 쿵쾅대서 정신이 알딸딸했는데 심장을 누가 꽉 움켜쥔 것 같다. 뭐라고?

"나?"

"누나 엄청 싫어하고 엄청 신경 써. 누나 걔 성격 되게 괴

팍해."

"나도 만만치 않아. 내가 얼마나 무서운데!"

"아닌 거 같은데 누난 싫은 소리도 못하고 맨날 혼자 울고 착한 거 같은데."

"너가 나 2학년 때를 봤어야 하는데 잘 속네."

얘가 좀 전에 나한테 좋아한다고 말한 건가?

32

오
해
하
지
마

 내가 이렇게 정신 줄 놓고 밥을 먹어본 적이 있었나? 누굴 만나든 어디에 있든 나는 항상 무엇이든 가장 바람직한 태도를 고민하고 고르고 선택했다. 이성과 함께 있을 때는 혹시라도 오해 받을 가능성이 있는 말이나 행동은 절대 하지 않았다. 누군가에게 관심을 가진 것처럼 보이는 것조차 정말 싫어했다. 늘 누구에게나 친구같이 굴었다. 맑음이와 있으면 그런 긴장이 풀린다. 맑음이가 그렇게 만든 것 같지만 그 애가 뭘 한 건 아니었다.

생각이 시키는 행동만 하던 내가 처음으로 생각을 저만치 치워 버렸던 몇 시간. 마주치던 눈빛, 웃음, 조심스러움, 특별한 공기. 이전과 다른 길을 걷는 것 같은 폭신한 기분. 단순히 누군가를 좋아하는 기분과는 달랐다. 이전에도 난 열렬히 누군가를 좋아해 봤고 설렜고 몰입했었다. 하지만 내 세계가 깨진 적은 없다. 혼자 좋아하고 만족했으니까. 맑음이와의 데이트는 내 평화를 깨는 시도이자 죄를 짓는 행위였고 난 기꺼이 그 죄 가운데 들어갔다. 그랬더니 그 다음에는 그게 죄가 아닌 세상이 열렸다. 겨우 밥 한 끼였지만 난 처음으로 불안도 죄책감도 없이 생각의 개입 없이 그 시간 속에 있었다. 이성의 통제를 받지 않는 상태가 너무 좋다. 감정이란 참으로 좋은 것이구나. 앞으로 맑음이를 마음 편히 좋아해야지. 우즈벡을 다녀 온 다음에는 우리 둘이 사귀게 될 지도 모르지.

먼 길을 돌아 돌아서 맑음이와 우리 동네까지 걸어왔다. 맑음이는 우리 동네 근처 놀이터 근처에서 잠깐 앉았다 가자고 했다. 그네에 나란히 걸터앉아 같은 곳을 바라보았다.

"누나 왜 여기 오자고 했을 거 같아?"
"다리 아프다며."
"내가, 할 얘기가 있어서."
"뭔데?"
"오래 전부터 고민했던 건데….”

내 기분에 빠져서 나긋나긋한 상태였는데 갑자기 긴장이
된다. 맑음이는 말은 꺼내놓고 망설이면서 이어가질 못 하
고 자꾸 주저한다. 갑자기 무슨 고백이라도 하려는 거 아니
야? 오늘? 옛날부터 난 잘 지내다가도 누가 고백만 하면 부
담스러워서 밀어내곤 했었는데 애한테도 그러면 어떡하지?

"근데, 좋은 거야. 나쁜 거야?"
"좋은 건데 말을 못 하겠어."
"그럼 말 안 하는 게 낫지 않나? 다음에 말해."
"누나. 그게, 그런 건 아니고"

나는 아무렇지 않은 척했다.

"누나가 상상하는 그런 얘기 아닌데."

"나 아무 상상도 안 하는데?"

"누나 정말 그게 아니고…."

"알았어~ 너 밤에 스터디 있다며 그러니까 빨리 택시 타고 가."

맑음이를 택시 태워 보냈다. 나는 집에 가기 싫어서 맑음이와 간 적이 있는 커피숍에 가서 앉았다. 뭐가 아니라는 걸까. 마음이 복잡해서 괴롭다. 그때 맑음이에게서 음성 메시지가 왔다.

'누나. 아까 내가 무슨 사랑고백이라도 할 것 같은 분위기였는데 아니에요. 누나가 오해할까봐. 나는 그런 말 하려던 게 아니고, 그냥 누나가 우리 스터디에서 제일 편하고 나한테 잘해 줘서 고맙고 누나가 제일 친한 사람이고 그래서 고맙다는 말을 하려는 거였는데 누나한테 말이 안 나오는 거야. 그래서 분위기가 이상하고 내가 너무 무안하고 기분이 안 좋아서 약속 안 가고 그냥 집에 왔어. 누나 기분 어떨지 알 것 같아…. 나 지금 집인데 통화할 수 있나. 누나. 오해하

지 마요.'

오해하지 마요?

고마워서 그랬어. 잘해줘서 고마워. 오해하지 마요.

오해하지 마요? 뭘? 좋아하는 사람 있다며? 이게 무슨 말
이지? 기분이 급격히 가라앉았다. 나는 카페를 나와 여기저
기 걷기 시작했다. 갑자기 기영이를 만나러 가고 싶다. 슬
픈 감정이 버거워서 누구에게든 사과하고 울고 용서받고 싶
다. 하던 대로 할 걸… 누군가에게 미안하다고 말하지 않으
면 내가 누군가에게 그 말을 들을 것 같아서 겁이 났다. 미
안하다는 말을 들으면 참을 수 없을 것 같다. 맑음이가 그런
사람이었나? 고민하다가 맑음이에게 전화했다. 처음엔 서
로 뭐라고 해야 할지 몰라서 한숨만 쉬었다.

"그게 무슨 말이야? 난 아까는 아무렇지도 않았는데 지금
너가 보낸 말이 더 황당해."

오해하지 말라는데 어디부터 어디까지 따지고 뭘 기분 나쁘다고 말해야 하는 걸까. 그동안 자기감정대로 멋대로 굴다가 언제 나를 좋아했냐는 듯이 굴었던 남자애들이 생각났다. 그런 애들은 다 연하였다. 얘도 연하여서 그런가? 마음이 변했다고 해서 있었던 사실이 아예 없었던 것처럼 굴던 그 이해할 수 없었던 태도들. 얘도 그런 걸까?

"누나 내가 지금 나갈게. 만나자."

우리가 만나던 건널목 근처 놀이터에서 맑음이를 만났다. 그러니까 오늘은 가장 친한 선후배 사이인 걸 합의하고 선을 긋는 자리가 되겠군. 별로 할 말이 없는데도 맑음이를 만나서 얘기를 듣고 싶었다. 11월 첫 주 토요일의 밤공기는 조금 쌀쌀했다. 아까 낮에 그렇게 따스하고 밝았는데.

맑음이가 근심 가득한 얼굴로 내 표정을 살피면서 다가왔다. 큰길을 접하고 있는 오래된 공원에 어릴 때 놀던 그네가 있었다. 거기 나란히 앉았다. 맑음이 얼굴을 안 봐도 되니까 다행이다.

"내가 너에 대해서 오해만 안 하면 되는 거야?"

33

나
도

맑음이가 망설임 없이 고개를 끄덕거린다. 한숨이 나온다.

"알았어. 오해 안 할게. 너가 나한테 책 사주고 찾아오고 계속 만나자고 하고 우리끼리만 통하는 말이 있고 이런 걸 다 오해하지 말라는 거지?"

"아니 난 아까 내가 하려던 말을 오해하지 말라는···."

"그게 무슨 말이야?"

맑음이의 말을 잘라 놓고선 분한 건지 슬픈 건지 눈물이

나려고 해서 나는 차도만 바라보고 입을 꾹 다물었다. 내가 말을 안 하고 가만히 있으니까 맑음이는 조금씩 자기 얘기를 하기 시작했다. 난 대꾸도 안 하고 가만히 듣기만 했다. 우리가 처음 친해졌던 그 결혼식에서 만났던 날, 자전거 여행 가기 전에 찾아 왔던 날, 방학 때 어떤 기분으로 춘천으로 다시 온 건지, 가요제 예선, 소개팅한 여자에게서 연락 왔을 때 왜 연락을 안 했는지, 아팠을 때, 나에게서 온 메일이 쌓인 걸 발견하고 기분이 어땠는지.

어쩌라는 거야. 퍽이나 친한 누나네.

"내가 누나를 좋아해."

오늘 맑음이는 정말 많이 이상하다. 나만큼이나 이상하다. 내가 맑음이에게 계속 이랬나?

"내가 누나를 좋아해서 접근한 거야. 누나가 좋았고 만나고 싶고 얘기하고 싶고 같이 있고 싶었어. 그래서 중간에 누나가 피하는 거 알면서도 누나에게 자꾸 찾아가고 연락한 거예요.

 "… 누나가 좋아."

 아까 맑음이가 고백이라도 할 것 같았을 때는 그렇게 떨리더니 지금은 오히려 마음이 평화롭다.

 "누나로 좋은 건지 여자로 좋은 건지 나도 잘 몰라서 중간에 멀리하려고 노력했는데 어쨌든 보고 싶고 생각나고 그랬어. 누나 나랑 하나도 안 친했을 때도 나 광장에서 누나 되게 많이 봤어. 가서 아는 척은 안 했는데 시간표가 맞는 건지 단대가 가까워서 그런지 계속 마주치게 되더라고 그런데 누나를 본 날은 기분이 너무 좋았어. 결혼식 피로연장에서 누나가 오고 나서 내가 옆에 가서 앉은 건데 누나는 몰랐지? 그날 누나가 들어오는데 정말 누나만 보였어. 3월에 처음 본 날도 누나만 계속 봤었는데 같이 얘기하니까 꿈 같더라고. 나도 누나를 그렇게 계속 생각하게 될지 몰랐어. 그러다 2학기 때는 아무리 두리번거려도 안 보여서 내가 도서관으로 찾아가기 시작한 거야. 누나가 좋아서…."

맑음이가 날 본다.

"나도 너 좋아해."

태어나서 처음으로 좋아한다는 말을 했다. 이 말이 이렇게 당연한 말인지 몰랐다. 이 말을 왜 마음속으로도 하지 못했던 걸까.

나는 내가 왜 그렇게 중간에 이상하게 굴었는지 얘기해 줬다. 나에게 안 좋은 인상을 남겼던, 연하남들에 대한 얘기도. 언제나 비교하며 불안했었다고. 맑음이는 자기는 그런 행동은 상상도 해 본 적이 없다며 두고 보면 알 거라고 했다. 도로에 차가 좀 줄어들기 시작했다. 12시 반이 훨씬 넘었다. 맑음이가 집에 데려다 줬다. 자리에서 일어나 큰길로 접어들면서 맑음이가 내 손을 잡았다. 날이 너무 추웠고 맑음이의 손은 따뜻했다. 심장에 뜨거운 물을 붓는 것 같다.

다음 날 아침, 맑음이에게서 메시지가 와 있었다. 잘 잤냐고. 자기는 새벽 5시에 일어났다고.

이 기분과 느낌을 잘 기억해야지.

월요일에 학교에 갔다.

화창하고 따뜻했다. 광장에 들어서려는데 맑음이와 친구들이 광장 한가운데 서서 무언가 얘기를 하고 있었다. 난 걸음을 멈추고 예전에 H와 맑음이와 나란히 앉았던 화단에 걸터앉아 맑음이를 바라봤다. 맑음이가 날 지켜봤듯이.

햇살 한가운데서 행복해 보인다.
내 남자친구가.

그리고 나도 행복하다.

〈이런 고민 처음이야〉를 마무리하며

자꾸만 마음에 걸리고 미안한 마음을 떨칠 수가 없게 만드는 사람이 있다. 왜 그런 기분이 드는지 생각해 봤다. 사랑하는 이유를 이해한다는 것은 곧 나를 이해하는 것이란 걸 혜수의 사랑이야기를 쓰면서 깨달았다. 이야기를 다 쓰고 나니 그 일들이 어떤 의미였는지 알게 됐다. 이런 고민은 아주 짧은 시기에만 허락된다. 혜수는 운이 좋았다. 세상을 알기 전에 행복한 고민을 할 수 있었고 덕분에 이후의 삶이 달라졌다. 혜수가 겪은 일이 이 시기를 살아가는 모두에게 일어나길 바란다. 낭만적이고 설레는 고마운 일들이.

2021년. 몹시 추운 4월 오후. 호담

호담

오랫동안 책을 분석하고 대화하고 글 쓰는 일을 해왔습니다. 이야기에는 사람을 움직이는 강한 힘이 있습니다. 이야기를 통해 우리에게 일어난 일들의 의미를 발견하고 맥락을 풀어내는 작업을 좋아합니다.

호담은 여우가 들려주는 이야기라는 뜻입니다. 소설 〈어린 왕자〉에 나오는 사막 여우의 캐릭터를 본받아 지은 이름입니다. 북클럽 '호담서원'에서 이야기를 풀어 생각 짓는 일을 합니다.